妖怪一族②

夏日祭典驚魂記

文 富安陽子 圖 山村浩二 譯 游韻馨

目錄

角色介紹

居住在化野原集合住宅區的妖怪九十九先生一家

山姥
九十九一家的奶奶。居住在深山中的年長女妖，有吃人的習慣。也稱作鬼婆、鬼女。

見越入道
九十九一家的爺爺。喜歡在深夜驚嚇路人的妖怪，可以自由改變體型大小。

轆轤首
九十九一家的媽媽。長頸妖怪，脖子能伸縮自如，甚至可以伸長到超高樓層。

滑瓢
九十九一家的爸爸。聰明又優秀的化野原妖怪首領，有著老成的外貌和光頭。在別人家總表現得像主人一樣。

一目小僧阿一
九十九一家的大兒子。光頭，額頭正中間只有一隻眼睛的妖怪，但是視力很好，連遠方的事物都能看得一清二楚。

天邪鬼阿天
九十九一家的小兒子。喜歡惡作劇的妖怪，力大無窮、跑步飛快。

小覺
九十九一家的女兒。天生具有超強讀心術的妖怪，在她面前，沒人能隱藏自己真實的想法。

角色介紹

九十九先生一家的人類朋友

野中先生

市公所地區共生課的職員，專門處理因為住宅開發而衍生的先住妖怪問題。

的場局長

化野原集合住宅區的管理局長。態度親切、身段柔軟，不管住宅區發生什麼問題都能立刻解決。

化野原集合住宅區

封印解除

這是個悶熱潮溼的夏日夜晚。山姥奶奶突然打開九十九一家在化野原集合住宅區東町三丁目B棟地下十二樓的客廳門，對著全家人大喊：「要舉辦夏日祭典嘍！」

雖說是晚上，但現在太陽才剛剛下山，九十九一家要出門散步還太早，所以他們還沒外出，而是全都聚集在客廳裡。

「奶奶，你說的夏日祭典是什麼啊？」

轆轤首媽媽聽到山姥奶奶的話，率先提問。

山姥奶奶欣喜雀躍的回答。

「夏日祭典就是在夏天舉行的祭典啊。現在是夏天，所以舉辦祭典當然要趁現在嘍！」

「奶奶，你說的『趁現在』，難道是指今天嗎？」滑瓢爸爸插嘴發問。

「當然不是啦！不過時間也快到了，他們說六天後舉辦。」山姥奶奶回答。

聽到山姥奶奶這麼說，見越入道爺爺也問：「是誰要舉辦夏日

祭典？」

「當然是人類要辦啊！」山姥奶奶說。

「那跟我們有什麼關係？」

爺爺會這麼說也無可厚非，因為九十九一家都是妖怪。爺爺說完這句話，家人們又回頭去做自己剛才正在做的事情。

見越入道爺爺與天邪鬼阿天，繼續看大電視上的棒球轉播。轆轤首媽媽要釀製梅酒，所以一目小僧阿一在幫她去除梅子的蒂頭。滑瓢爸爸將目光轉回看到一半的《卡夫卡短篇集》。洞察人心的女兒小覺，開始跟自己最愛的娃娃梅梅托玩耍。

山姥奶奶發現沒人理她，氣得對大家說：

「怎麼會沒關係？我可是夏日祭典執行委員會的委員長呢！你們都要來幫我籌備夏日祭典。」

「你說什麼？」滑瓢爸爸驚訝得抬起頭。

轆轤首媽媽不安的問：「奶奶，你說你是委員長？是那個人類舉辦的夏日祭典執行委員會的委員長嗎？」

「對啊！」山姥奶奶一臉得意的點了點頭。

滑瓢爸爸與轆轤首媽媽對看一眼。滑瓢爸爸闔上手中的《卡夫卡短篇集》，雙眼盯著山姥奶奶。

「奶奶，你剛剛說的是怎麼一回事？應該不會有人邀請你當人類夏日祭典執行委員會的委員長吧？因為你並不是人類，而是妖怪山姥呀！話說回來，你該不會……又在打什麼歪主意吧？我的意思是，你該不會是想冒名擔任執行委員長，然後趁機吃掉人類或是貓咪吧？」

「喂，別把人家講得那麼難聽嘛！」山姥奶奶火冒三丈的瞪著滑瓢爸爸，「我這陣子從來沒想過要吃人類、貓咪、小狗和金魚，就連集合住宅區周邊的鄰居我也沒想過要吃他們。執行委員會的委員長是大家推薦我當的，我的朋友說一定要我當委員長，所以我才會接下這個職務！」

「奶奶的朋友？」滑瓢爸爸喃喃自語，再次轉頭看了轆轤首媽媽一眼。

轆轤首媽媽開口問：「奶奶，你說的朋友是人類朋友嗎？」

「是啊！」山姥奶奶說。

「你什麼時候結交了人類朋友？」滑瓢爸爸接著問。

「散步的時候啊。」就這樣，奶奶開始訴說自己結交人類朋友的經過。

「大概是一週之前吧！有一天晚上，我出門到市郊的山裡散步，在山上發現了成熟的楊梅果實就摘下來大快朵頤。吃到一半的時候，看到一隻兔子蹦蹦蹦的跳過去，我想著好久沒有吃兔子了，不如抓一隻來吃吧，於是就開始追那隻兔子。但是那隻兔子跑得超快，最後還是讓牠逃掉了，也因為這樣，那天我很晚才回家，等走到集合住宅區附近天已經亮了。

「那個時候中央公園的廣場聚集了好多人，大家都在做奇怪的事情，一會兒站著、一會兒蹲下，然後又擺動手臂、轉動頭部……你們知道嗎？聽說那個叫『廣播體操』，只要配合音樂活動，身體就能保持健康、維持活力，是不是很有意思？

「不過那時候我沒聽過『廣播體操』，也不清楚他們在做什麼，只是因為好奇就停下腳步看了一下，結果有一個老爺爺對著我大喊：『喂！在那邊的老婆婆不要只顧著看，快過來做體操，對身體很好喔！』

「後來我才知道那位老爺爺是個蠻橫自大的人，個性很惹人厭，總是批評那些一起做體操的住戶，還會挑剔他們做出來的每一個動作。他不是對其他人大喊『手要再舉高一點』、『你屁股往後翹了』，大家會取笑你喔』，就是罵別人『認真做！又不是在跳水母操』。他如果只是批評別人也就算了，還會說『看我的示範，這麼做才是標準的屈伸動作』。

「你們聽過傑克小丑嗎？就是那種放在玩偶盒裡下半身是彈簧的小丑娃娃，只要一打開盒子就會跳出來嚇人。那個老頭就像傑克小丑一樣，做出起立蹲下的動作向大家炫耀他的彈簧腿。他還對我說：『老婆婆，快照我的示範做做看』，於是我就做給他看了。」

「你做了什麼？」滑瓢爸爸一臉擔憂的問。

「當然是用我的彈簧腿，做起立蹲下的動作給他看啊！」山姥奶奶一臉認真的回答，「不過我可不只做了一次喔！我往上彈又往下跳，往前彈又往後跳，迅速的起立蹲下……」

「好，我明白你的意思了。」

滑瓢爸爸趕緊阻止山姥奶奶繼續示範下去，要是不阻止，奶奶可能會「起立蹲下」一百次才肯罷休。不過她當天可是以極快的速度屈伸雙腿，重複起立蹲下前後多達一百次呢！在場做體操的住戶全都瞠目結舌，嚇到說不出話來。其中最驚訝、最不甘心的人，當然就是那個蠻橫自大的老爺爺。

眼見這個突然加入的陌生老婆婆成為眾人矚目的焦點，自大的老爺爺也不服輸，開始做起「挺胸後仰運動」。

「大家跟我一起做，將上半身往後仰，盡可能往後仰，最好可以看到後方的景色！」老爺爺大聲吆喝。事實上，這個伸展動作是這位自大老爺爺最擅長的。他的動作是所有參加廣播體操的住戶中最標準的，往後仰的角度也最大。或許是因為他老是不服輸，硬逼自己將上半身往後仰，做久了就變成後仰高手。

山姥奶奶得意洋洋的對滑瓢爸爸和轆轤首媽媽說：

「不過這次還是我贏，我又做給他看了。」

「奶奶，你又做了什麼？」轆轤首媽媽忐忑的問。

「當然是『挺胸後仰運動』啊！不過我做的不是『後仰』，而是把上半身直接往後倒，用雙手撐地的橋式伸展操！接著再舉起雙腿倒立，做了十次後手翻，「咻」的一聲就翻到了廣場盡頭。

「大家都為我鼓掌叫好，那個自大老頭也直盯著我看，看得目瞪口呆！在那次之後，我每天早上都會去廣場做體操，所有成員都說希望我能跟他們一起運動呢！」

「然後呢？為什麼你會成為夏日祭典的執行委員長？」

聽到滑瓢爸爸這麼問，山姥奶奶點了點頭接著說：

「這件事是這樣的。其實原本的委員長是那個自大老頭，誰知道他今天早上閃到腰，全身痛得根本無法下床，所以執行委員會的成員就得推派新的委員長。後來他們說要我當委員長，我就接下了這

個職務。」

山姥奶奶沒有說明自大老爺爺閃到腰的原因，不過滑瓢爸爸和轆轤首媽媽早就猜到了來龍去脈。答案很簡單，自大老爺爺為了贏過山姥奶奶，在家做太多廣播體操才會閃到腰。

山姥奶奶非常興奮，對正在交換眼神的滑瓢爸爸與轆轤首媽媽繼續說：

「夏日祭典執行委員長，在夏日祭典執行委員會中的地位最高。當成員們決定各項事務或構思各種活動時，委員長是所有決策的核心人物。遇到困難或有不明白的地方，他們都會說『委員長，您認為這件事該怎麼辦？』像這樣詢問我的意見。

「我剛才去參加執行委員會的會議，討論舉辦祭典時要在哪裡跳盆舞（注①）。大家覺得還是平常跳廣播體操的廣場最適合，不過廣場正中央有一顆大石頭，你們記得那顆石頭嗎？它的位置很礙事，讓我們沒辦法架設祭典用的高臺，於是他們就問我：『委員長，您認為這件事該怎麼辦？』我就說：『我們現在一起去廣場把那顆石頭移開吧！』後來我和所有委員抵達廣場，把正中央的大石頭挖起來滾到一邊。」

「你說你把中央公園廣場正中央的大石頭移開了？」滑瓢爸爸皺

起眉頭。

看棒球轉播看到入迷的見越入道爺爺，聽到滑瓢爸爸的話突然開口問：

「你剛剛是不是說有人把那顆石頭移開了？這下糟了，那座公園廣場正中央的石頭下不是埋著東西嗎？那顆石頭絕對不能動！」

滑瓢爸爸一臉嚴肅的點了點頭，接著說：

「爺爺說得沒錯，相傳很久很久以前，廣場正中央的石頭下封印著某個東西，絕對不能移動，我實在沒想到居然有人會去把那顆石頭移走。」

山姥奶奶天真的眨了眨眼，點點頭說：

「就是這麼一回事，我不小心把那顆石頭移走了！哎喲，那麼久遠的事情我早就忘光了，哪會記得啊？」

天邪鬼阿天也從棒球轉播中回過神來，咿兮兮兮的笑著說：

「會跑出來喔，會有可怕的傢伙跑出來。」

「事情不妙啊！」轆轤首媽媽忍不住全身發抖，「得趕快想辦法解決才行……」

「關於這一點……」山姥奶奶不知道該如何是好的嘆了一口氣，

接著環顧所有家人小心翼翼的說：「我覺得那個東西應該已經跑出

來了。」

「你說什麼！」滑瓢爸爸和轆轤首媽媽同時驚呼。

「這到底是怎麼一回事？奶奶，你親眼看到那個傢伙跑出來了嗎？」滑瓢爸爸追問。

山姥奶奶微微聳了聳肩說：

「我沒有確實看到，但是在移開石頭的瞬間，地底冒出了一陣黑煙，然後消失在集合住宅區的上空。在場所有人看到黑煙都嚇了一跳，所以我猜這陣煙可能就是封印在石頭下的那個傢伙。我好驚訝，沒想到他竟然會在這個時候現身。」

聽完山姥奶奶的辯解，滑瓢爸爸氣急敗壞的回嘴。

「我也很驚訝，你竟然會去移開那顆石頭！當初集合住宅區動工的時候，我還特地拜託地區共生課的野中先生千萬不能動那顆石頭。現在可好，你闖下大禍了！那個被封印的傢伙從住宅區地底跑出來，不曉得會發生什麼事。我得趕快通知野中先生和集合住宅區管理局的的場局長……這下難收拾了。」

「我也知道大事不妙，所以才會急急忙忙跑回來說明情況，請大家幫忙啊！」

聽到山姥奶奶這麼說，一目小僧阿一忍不住問：

「你要我們幫什麼忙？」

「都是一些小事啦！」山姥奶奶擺出「沒什麼大不了」的表情，態度輕鬆的說：「我們大家一起去找那個逃出來的傢伙，把他抓回來，再把他封印到地底下就行了。這件事一點都不難，你們說對不對？真的很簡單呢！」

山姥奶奶的話還沒說完，擅長洞察人心的小覺立刻插嘴說：

「奶奶你騙人！你心中想的明明就是『大事不妙！糟了糟了，這次遇到大危機了！』」

聚集在客廳的所有家人，全都冷眼盯著山姥奶奶。

「對啦，」奶奶承認自己方寸大亂，不過還是硬著頭皮辯解，「這件事是個危機，但還不到大危機的程度，對吧？」

「不對，這件事就是個大危機，」滑瓢爸爸嚴肅的說：「要是那傢伙因為封印之石被移開而從地底逃了出來，那麼長時間遭到監禁的仇恨一定會讓他想要報復，說不定會對人類做出不利的事情。最糟糕的狀況是，他可能會攻擊集合住宅區，我們一定要在他出手之前想出解決辦法……」

山姥奶奶第一個跳出來附和滑瓢爸爸的話。

「沒錯，我們一定要想辦法解決問題。」

見越入道爺爺對山姥奶奶的厚臉皮束手無策，忍不住瞪著她說：「也不想想這個妻子是誰捅出來的？」

「誰叫那顆石頭要在那裡？」奶奶依舊嘟著嘴強辯，「它在廣場正中央，我們就不能搭盆舞的舞臺，實在是太礙事了！」

眼看兩人快要吵起來了，轆轤首媽媽趕緊站在他們中間，開口問滑瓢爸爸。

「先別說這些了。我問你，究竟是誰被封印在石頭下面？你知道是什麼東西跑出來嗎？」

滑瓢爸爸用力搖了搖頭說：

「我不知道。我是在五百年前到化野原定居的，當時那顆石頭就已經存在了。我只知道兩件事，那就是『絕對不能動那顆石頭』以及『有東西長眠在石頭下』。那顆石頭以前好像叫『什麼東東石』，意思就是封印了什麼東東的石頭。」

天邪鬼阿天的雙眼閃著精光，好奇的問：「什麼東東究竟是何方神聖？」

「什麼東東的意思就是『不知道是什麼東西』，」滑瓢爸爸用目光掃過每位家人，接著說：「那顆石頭下面究竟封印著什麼，到現在仍然是一個謎。」

注①：在日本盂蘭盆節跳的一種傳統舞蹈，舞蹈著重手部動作，跳舞時會配合太鼓和三味線等日式樂器演奏的樂曲。

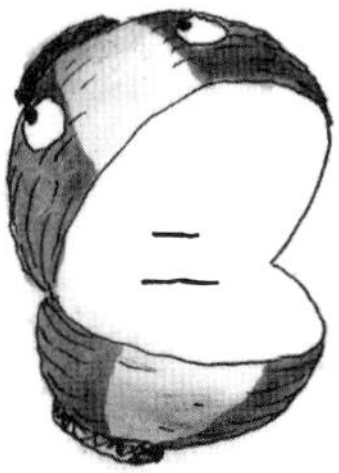

山姥奶奶的一秒解決方案

第二天早上，滑瓢爸爸一到市公所地區共生課上班，就立刻向野中先生報告重要大事。他告訴野中先生，山姥奶奶接下了集合住宅區夏日祭典執行委員長的職務，也向他報告為了提供場地給住戶跳盆舞，公園廣場的封印之石被移開的經過。

地區共生課位在市公所地下一樓，是個相當特別的組織，單位成員只有兩位，分別是身為人類的野中先生，以及身為妖怪的滑瓢爸爸。為什麼身為妖怪的滑瓢爸爸會在市公所上班呢？詳細經過請參閱【妖怪一族】系列的第一集。

野中先生聽完滑瓢爸爸的報告，不禁雙手抱胸，陷入了沉思。

「這件事有點棘手呢……對了，山姥奶奶今天還好嗎？」

滑瓢爸爸無奈的說：「她今天一早就幹勁十足的說要去執行委員會開會。她這陣子的作息日夜顛倒，總在太陽高掛的時候出門，絲毫不像是個妖怪。年紀一大把了還『日遊』，真令人傷腦筋。」

野中先生接著又問：「她的人類朋友應該沒有察覺到她是山姥吧？」

滑瓢爸爸點了點頭說：「沒有，目前還沒有人發現。關於這一點，我昨天晚上已經千叮嚀萬交代，叫她一定要小心，千萬不能跟別人說自己是妖怪，也絕對不能暴露自己的真實身分。雖然奶奶向我保證絕對不會說溜嘴，但是奶奶的個性就是讓人放心不下，她說的話總是要懷疑三分。」

「我明白了。」

野中先生聽懂了滑瓢爸爸的意思，他從座位上站起來，隔著堆滿文件的辦公桌，看著滑瓢爸爸說：

「看來我得到現場看一看。我會聯絡化野原集合住宅區管理局的的場局長，請他在那邊跟我們會合。幸好今天上午沒有任何行程，只要拜託市民諮詢室的八上先生幫我代理職務就能外出。」

同一時間，山姥奶奶正在出席「夏日祭典執行委員會」的會議。今天的會議要決定夏日祭典舉辦期間，在購物中心噴泉廣場擺攤的自治會攤販位置，因此邀請了許多攤商前來抽籤，包括：小學和幼兒園的家長會、兒童會，以及商店街的店家，大家都想在夏日祭典上擺攤。

攤販型態很多元，有棉花糖、撈金魚、套圈圈、炒麵、糖葫蘆，還有抽獎攤位。今天就要抽籤決定各個攤商要在廣場的哪個位置擺攤。

攤商代表聚集在東町公民活動中心的會議室，桌上放著中間開了洞的抽籤箱，會議室前方的黑板貼著一張廣場平面圖，圖上以麥克筆畫出三十二個攤位的區塊。攤商代表排隊抽籤，陸續將手伸進箱子裡，拿出一張寫有號碼的紙，再對照平面圖上的區塊號碼，確認自己的攤位位置。

三十二位攤商代表依序抽籤，過程進行得很順利。擔任委員長的山姥奶奶坐在會議室後方待命，這樣出現問題時就可以在第一時

間解決，不過今天完全沒有發生任何爭議。

山姥奶奶坐在後面快睡著了，忍不住打起呵欠來。畢竟對妖怪來說，太陽高掛的白天就像是人類的夜晚一樣，讓人昏昏欲睡。

就在山姥奶奶打了第三個呵欠時，執行委員吉岡日奈奶奶慌慌張張的跑到山姥奶奶身邊，另一位同樣也是執行委員的真島敦子大嬸也跑了過來。她們與山姥奶奶是交情很好的朋友，山姥奶奶平常都用「小吉」和「小真」來稱呼她們。

什麼？你問小吉和小真都怎麼稱呼山姥奶奶？當然是稱呼她「委員長」嘍！

「委員長！」小吉，也就是吉岡女士大聲驚呼：「不好了、不好了，『少年棒球隊．藍翼隊．家長會．章魚燒店』的代表，與『東小家長有志會．御好燒（注②）店』的代表吵起來了！」

山姥奶奶不耐煩的問：「他們在吵什麼？」

小吉立刻向委員長描述了爭吵的過程。

「章魚燒店和御好燒店抽到了相鄰的攤位。章魚燒店的多田代表說，章魚燒和御好燒的攤位連在一起會互相搶客，對章魚燒店不利，希望御好燒店可以跟另一邊的『東町兒童會．釣水球店』交換位置。然後御好燒店的美濃部代表也說，如果要換位置，應該是章魚燒店和他隔壁的『南町婦女合唱團．手作雜貨店』交換才對。他們兩個很堅持要對方換位置，吵得不可開交。」

小吉才說完，剛剛跑過來的小真，也就是真島女士急忙向山姥奶奶報告。

「委員長！『西町老人會有志．棉花糖店』的西野代表說，他不想在『化野原集合住宅區．隱藝友會．撈金魚店』的旁邊擺攤，因為會阻礙到他們做生意，希望能重新抽籤。」

山姥奶奶聽夠了大家的抱怨，不悅的問：「為什麼會阻礙到他們做生意？」

小真接著說明：「隱藝友會的友安大叔說，他除了擺撈金魚的攤位，還要表演腹語術，可是友安大叔的腹語術技巧很差，大家都不喜歡。今年春天他去小學校慶擔任演出嘉賓，但是整場演出實在太可怕了，一年級的學生還被他嚇哭，場面相當難看。西野代表很生氣的說，要是在友安大叔旁邊擺攤，孩子們絕對不敢靠近自己的攤位，這樣一來棉花糖就賣不出去了。委員長，你看這件事該怎麼處理才好？」

「叫友安大叔不要表演腹語術不就好了？」

小真聽到山姥奶奶的回答，慌張的頻頻搖頭。

「哎呀，千萬不能這麼跟他說！友安大叔是個很好的人，個性善良又敦厚，他也默默的幫夏日祭典出了很多力呢！唯一美中不足的地方，就是他很熱衷腹語術，非常期待在這次的夏日祭典演出，要是告訴他不能表演腹語術，他可能會很失望……絕對不能要求他取消表演！」

在一旁的小吉等不及了，插嘴說：「御好燒店和章魚燒店的爭執該怎麼處理？再這樣下去，那兩位代表一定會打起來。他們兩個已經氣到眼睛冒火，稍有不慎就會大打出手的程度了。」

「這樣啊，那就讓他們打一架分勝負，這是最簡單的方法了。」

聽到山姥奶奶一派輕鬆的回答，小吉也跟著頻頻搖頭。

「這怎麼行呢……夏日祭典是所有人開心和樂一起享受的慶典，怎麼可以讓那兩個人打架？」

山姥奶奶對這些突如其來的問題十分厭煩，甚至在某個瞬間浮現了不好的想法。

她忍不住這麼想：只要將爭吵的章魚燒店和御好燒店代表，以及熱衷腹語術的友安大叔全都一口吞下肚，就可以解決所有問題了。

就在這個時候，滑瓢爸爸、野中先生和的場局長來到公民活動中心，化解了一場可能發生的危機。若是他們晚一點才來，難保山姥奶奶不會因為越來越不耐煩，開始認真考慮剛剛浮現在心中的一秒解決方案。

滑瓢爸爸找到被小吉和小真圍著的山姥奶奶，開口打招呼。

「嗨，奶奶，我來看你這邊進行得順不順利。」

「奶奶，好久不見。」野中先生向山姥奶奶鞠躬行禮。

化野原集合住宅區管理局的的場局長，不僅向奶奶問好，也對所有聚集在公民活動中心的住戶打招呼。

「大家好，大家辛苦了。」

的場局長是個明白事理的光頭大叔，他對城鎮的一切事務瞭若指掌，不僅知道九十九先生一家的真實身分，也熟知在住宅區各處定居的其他妖怪。

「這位先生，請問你是誰？」小吉奶奶直盯著滑瓢爸爸看，露出一臉狐疑的表情。

「難道你是委員長的兒子嗎？哎呀，長得真是一表人才呢！」小真大嬸開心的說著，對滑瓢爸爸笑了笑。

「他才不是我兒子呢，他是滑……」

山姥奶奶還來不及說出「瓢」這個字，滑瓢爸爸、野中先生和的場局長便紛紛大聲咳嗽轉移眾人的注意力，堵住奶奶接下來要說的話。

滑瓢爸爸立刻對小吉和小真鞠躬致意，面帶笑容的自我介紹。

「您們好，我不是她的兒子……正確來說，我是她的女婿。平時承蒙兩位關照我的岳母，謝謝您們。」

「說什麼關照，真是太客氣了，我們才是承蒙委員長的照顧呢！剛剛發生了一些問題，我們正在和委員長商量。」

小吉話一說完，集合住宅區管理局的場局長便插嘴詢問。

「問題？發生了什麼事？」

小吉和小真你一言我一語的說明剛剛發生的事。的場局長了解是因為攤位位置發生爭執後，沉穩的點了點頭。

「沒問題。御好燒店和章魚燒店各往兩邊移一個攤位，中間隔著撈水球店和手作雜貨店，這樣就可以了。至於棉花糖店的西野先生，就由我來跟他說明吧！如果有小孩被腹語表演嚇到哭出來，家長一定會為了安撫小孩買棉花糖給他們吃，這樣反而有助於他的生意。我會像這樣好好跟他說明的。」

說完之後，處事圓融的的場局長轉頭看向山姥奶奶，態度恭敬的問：「委員長，請問這樣處理是否可行？」

山姥奶奶忍住差點打出來的第四個大呵欠，開口說：「好，就這麼處理！」

看到問題圓滿解決後，野中先生低聲跟山姥奶奶說：「這裡暫且交給的場局長處理，我們去公園廣場確認狀況吧！我們必須調查那顆大石頭原本的所在位置……委員長，請你跟我們走一趟。」

「什麼？我也要一起去嗎？我可是委員長耶，必須在這裡坐鎮才行。」

山姥奶奶覺得從公民活動中心走到公園廣場實在太累人，於是，找了個藉口想要脫身。

滑瓢爸爸看穿山姥奶奶的想法，雙眼直盯著她說：

「奶奶，你應該很清楚是誰闖下今天這起大禍吧？」

山姥奶奶擺出一副「跟我無關」的態度，轉頭看向一旁，於是的場局長開口安撫山姥奶奶。

「沒問題。在委員長回來之前，我會想辦法處理好一切，您無須擔心。」

聽到的場局長這麼說，山姥奶奶也不好推辭，只好心不甘情不願的點頭答應。

「好啦，我跟你們去，我去就是了，我去還不行嗎？你們真的是……委員長可是很忙的耶！」

注②：源自於日本的一種小吃，又稱為什錦燒。將水加入麵粉攪拌成粉漿，再加上蔬菜、肉類、魚類和貝類等材料，於鐵板上燒成煎餅，最後加入調味料享用。

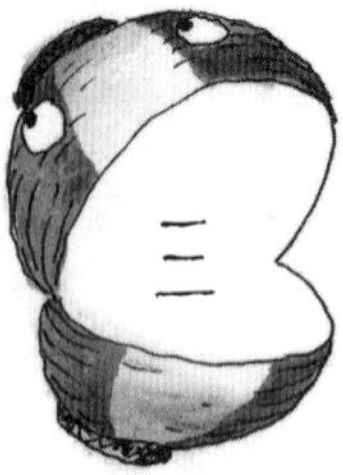

三 什麼東東石

滑瓢爸爸、山姥奶奶和野中先生，三個人一起離開公民活動中心，走到中央公園廣場。

夏日早晨的太陽早已高掛空中，金色的陽光灑下來，讓四周的景色看起來閃閃發亮。由於陽光對妖怪來說太過刺眼，所以滑瓢爸爸與山姥奶奶戴上了夏季白天出門用的超大型太陽眼鏡。即便如此，山姥奶奶還是忍不住抱怨。

「陽光太刺眼了吧！這些路上的東西，有必要每個都這樣閃閃發亮嗎？」

中央公園滿月池的水面，也被夏日陽光照得波光粼粼，可是完全沒看到河童一族的蹤影。他們應該是順著地下水道，回到涼爽的深山湖泊避暑去了吧！滑瓢爸爸一行人走過池子，來到了空曠的廣場，陽光和暑氣讓這裡更加炙熱。

廣場正中央有個從地面挖出大石頭後留下的痕跡，只有那裡的地面因為挖掘而凹凸不平，土壤顏色也比旁邊深。不過，現場完全找不到最關鍵的那顆大石頭。

「奶奶，那顆大石頭到哪裡去了？」滑瓢爸爸問。

「那顆大石頭啊……它不見了。」山姥奶奶眨了眨眼，歪著頭回答。

「不見了？」滑瓢爸爸發出驚呼，接著和野中先生互看一眼。

野中先生問山姥奶奶：「石頭是什麼時候不見的？你們挖出石頭後，把它放在哪裡？」

「關於這一點，是這樣的……」山姥奶奶開始說明來龍去脈，「那顆石頭真的很頑固，無論我們怎麼推它、拉它都紋風不動，簡直就像是在地下生了根似的。所以我們拿一條繩子綁在石頭上，所有人在繩子的另一頭用力拉，就像在拔河，『一、二、三！一、二、三！』那樣拉。執行委員會所有成員大概有四十人……不對，應該是三十九人加上我，一起拉那顆石頭。雖然我不像阿天是個大力士，但我一個人出的力也相當於十個人……

「話說回來，我們拚命拉動繩子，好不容易才讓石頭從地面滾出來。但是大家用力過猛，石頭滾出來的瞬間所有人都跌翻在地。就在這個時候，我記得有一股霧茫茫的黑煙從我們頭上飛了過去。站在繩子最前面的大叔說，那股黑煙是從石頭下方的地底衝出來的。等我回過神，就發現石頭不見了。不曉得是不是把石頭拉出來時彈了一下，繩子不小心鬆開，石頭就這樣滾出去了。總之，原本應該被繩子綁住的大石頭就這樣不見了，大家都說『好奇怪喔，太詭異了』、『真是不可思議，好神奇喔』。我們找遍整座廣場，就是找不到那顆大石頭，它一定是在拉出來的時候，順勢飛到什麼地方去了。」

滑瓢爸爸不相信山姥奶奶的說法，歪著頭陷入沉思。

「你說大石頭飛走了？它往哪個方向飛？那麼大一顆石頭飛得起來嗎？」

這件事實在太不尋常了。就算石頭因為繩子鬆開而掉出來，那顆石頭又大又重，必須四十個人一起拉才能移動它，怎麼可能會飛到不知去向呢？然而滑瓢爸爸與野中先生再次仔細搜查廣場周邊，仍然沒有找到那顆大石頭。

野中先生疑惑的歪著頭說：「真是奇怪，石頭到底會跑到哪裡去呢？」

滑瓢爸爸又陷入思考。

「如果能夠仔細研究那顆大石頭，說不定可以找到一些線索，查出石頭底下究竟埋了什麼。遺憾的是，那顆關鍵的石頭不見了，真是傷腦筋。」

陷入沉思的滑瓢爸爸，突然間像是想到了什麼事，「啪」的一聲拍了一下手。

「對了，可以帶一目小僧來這裡看看。讓阿一用眼睛好好搜尋這一帶，說不定能發現什麼。」

說時遲那時快，滑瓢爸爸一溜煙的消失在眾人眼前。沒錯，滑瓢這種妖怪來無影去無蹤，可以一溜煙的消失，再「咻」的一聲出現在任何地方。

滑瓢爸爸瞬間回到位於東町三丁目B棟地下十二樓的家裡，搖醒正在熟睡的阿一，將他帶回廣場。

阿一戴著一頂鴨舌帽，帽簷遮住了大半張臉，唯一的一隻眼睛裡滿是睡意。滑瓢爸爸在從家裡走到公園的途中，將事情的來龍去脈告訴阿一。

滑瓢爸爸說，山姥奶奶和夏日祭典執行委員會的所有成員，一起拉動用繩子綁著的「什麼東東石」，但是那顆石頭後來不知道滾到哪裡去了。石頭離開地面時，有一股黑煙升起，接著又消失不見，現在得找出線索，弄清楚那股黑煙究竟是什麼。為了找尋線索，需要阿一發揮他的長處——雖然只有一隻眼睛，但無論再遠再小的東西都能看得一清二楚的千里眼。

阿一打了好幾個大呵欠，和滑瓢爸爸一起站在什麼東東石的「遺跡」前。阿一先是盯著地面仔細查看，接著抬起頭，慢慢環顧這座陽光燦爛的廣場。眩目的夏日陽光灑落在廣場上，現場空蕩蕩的，看起來沒有什麼異狀。

「喂，我們該回公民活動中心了吧？現在太陽這麼大，再這麼曬下去我都要曬成妖怪乾了！再說，夏日祭典執行委員會還在開會，我這個委員長缺席太久會造成其他成員的困擾。」

就在山姥奶奶開始抱怨之際，阿一指著廣場一角說：「在那裡。」

滑瓢爸爸、山姥奶奶和野中先生一起看向阿一手指的方向。他

們看見公園角落的樹蔭下有三間用水泥興建的倉庫，外型看起來就像是方形的箱子，屋頂鋪著藍色石板瓦，裡面放滿帳篷、藍色塑膠墊和長凳等物品，這些東西在公園舉辦活動時一定會用到。其中最右邊的倉庫裡，還放著夏日祭典用的道具與器材，包括搭建盆舞舞臺的木材、紅白色布幕、垂掛在舞臺周圍的燈籠，以及攤商使用的攤車、繩子與燈飾。

阿一指著存放夏日祭典道具的倉庫說：

「我看到有東西從這裡飛到最右邊倉庫的痕跡。」

「那道痕跡在哪裡？」野中先生四處張望，並開口詢問阿一。

其實不管是野中先生、滑瓢爸爸或是山姥奶奶，他們全都看不見有物體飛過的痕跡，不過阿一態度沉穩的向他們說明。

「在空氣裡。廣場的天空留下了一條淡淡的黑煙痕跡。我看到的痕跡就像黑色飛機雲那樣，這代表有東西從這裡飛到空中，再從入口上方的透氣窗飛進那間倉庫。」

「我們去看看吧！」滑瓢爸爸朝倉庫走去。

「我就不去了，」山姥奶奶說：「天氣這麼熱還要從這邊走到那邊，太累了。」

滑瓢爸爸正打算穿過廣場往倉庫走，一聽到山姥奶奶抱怨，立刻停下腳步，轉身對她說：

「奶奶，我再說一次，你應該很清楚是誰闖下今天這起大禍吧？再說，如果不是你移開那顆大石頭，我們現在也不用在大太陽底下從廣場走到倉庫。我不接受『我就不去了』這種說法，大家都要去倉庫查看情況。」

山姥奶奶十分生氣，心不甘情不願的跟在滑瓢爸爸身後，往倉庫走去。

山姥奶奶故意用滑瓢爸爸聽得見的聲音嘟囔：「哼！有什麼好囂張的？真討厭！」

滑瓢爸爸絲毫不為所動，就像沒聽見一樣，直視著前方往倉庫走去。他的身後跟著生氣的山姥奶奶、睡眼惺忪的阿一和野中先生。

三間並排的水泥倉庫靜靜佇立在櫻花樹下，他們在右邊倉庫的前方停了下來。

「阿一，怎麼樣？你看得到倉庫裡有什麼東西嗎？」滑瓢爸爸輕聲問阿一。

阿一定睛凝視，直盯著倉庫門上的透氣窗瞧。那扇窗真的很小，而且還有三根鐵柱做成的鐵窗，與其說是窗戶，不如以通風口來形容或許更為貼切。當然，除了阿一之外，其他人都不可能從那扇小窗看到裡面的景物。這不僅是因為倉庫內一片漆黑，更因為那扇窗戶真的很小。阿一雖然只有一隻眼睛，但他的眼睛看得比任何人都清楚。

阿一盯著窗戶內部看了好一陣子，最後開口說：

「沒人在……裡面已經沒有人了，不過右邊的倉庫被翻得一團亂，一定是那個闖入倉庫的不明人士做的。他將倉庫弄得亂七八糟，如果不是火冒三丈在倉庫裡大暴走，就是在找什麼東西。倉庫裡的物品全被翻出來丟在地上，亂得不像樣。」

「真是個壞消息！」野中先生說：「我記得倉庫裡放的都是夏日

祭典要使用的道具。」

「不管怎麼樣，我們先進去再說。」

聽到滑瓢爸爸這麼說，山姥奶奶搖了搖頭。

「沒有鑰匙打不開這扇門。我記得鑰匙在夏日祭典執行委員會的小真那裡，昨天我們用來綁石頭的繩子，就是從這個倉庫裡拿出來的。我記得很清楚，收繩子的時候小真還有拿鑰匙鎖門。」

山姥奶奶的話還沒說完，滑瓢爸爸就「咻」的一聲消失了。

從倉庫門前消失的滑瓢爸爸，一眨眼就出現在倉庫裡，從內部打開大門讓所有人進來。

大門打開後，野中先生看了一眼倉庫內部，忍不住「啊」的大叫一聲。

阿一說得沒錯，倉庫裡真的很亂，像是被颱風掃過一樣，所有物品散落一地，看起來慘不忍睹。搭建舞臺的木材倒了一地，紅白色布幕皺成一團，與倒落在地的木材勾在一起，燈籠也掉下來滾得到處都是。長凳翻了過來，繩子纏繞得亂七八糟……已經完全看不出倉庫原本的模樣。

「這是什麼味道？」

滑瓢爸爸動了動鬍子上的鼻子，好像聞到什麼。昏暗的倉庫

裡，飄散著一股味道，那究竟是什麼呢？

野中先生屏氣凝神仔細聞了聞，似乎發現了答案。

「這應該是油吧？是油的味道。」

阿一點了點頭說：「油罐翻倒了，灑得到處都是。你們看，布幕、燈籠、長凳和繩子，上面全都沾染了油漬。看那邊，那裡有三個空油罐。」

山姥奶奶接著說：「那是為了攤販買的油啊！要讓小吃攤炸薯條、炸雞、炸冰淇淋用的，還有……我想想喔，是要讓可樂餅攤炸可樂餅用的。這下子所有需要用油的攤位都不能營業了！」

「不只是這樣而已，」野中先生意識到問題的嚴重性，嚴肅的說：「夏日祭典的道具全都沾染油漬不能使用了，看來我們得取消祭典才行。」

「你說什麼！那可不行，我很期待夏日祭典，絕對不能取消！」山姥奶奶放聲大叫。

滑瓢爸爸又再次仔細環顧雜亂不堪的倉庫內部，深深嘆了一口氣說：「這下麻煩了。話說回來，什麼東東為什麼要弄亂倉庫呢？他逃出地底之後，為什麼會直接飛進這間倉庫？奶奶，我記得你剛才說綁石頭的繩子收進倉庫後，門就上鎖了對吧？當時倉庫裡是什麼狀況？有沒有什麼奇怪的地方？有沒有看到什麼或是聽到什麼？」

「完全沒有。當時倉庫沒有像這樣亂七八糟，也沒有什麼奇怪的地方。」山姥奶奶回答。

「嗯……」滑瓢爸爸雙手抱胸陷入沉思，「換句話說，什麼東東竄出地底之後就變成一道黑煙，飛進倉庫躲了起來。等到委員會成員鎖上倉庫大門後，再將這裡弄亂，接著逃得無影無蹤。那傢伙究竟逃到哪裡去了呢？」

站在倉庫門前的阿一，仔細查看四周後說：「從空中留下的痕跡來看，他又從透氣窗飛出去，逃向北邊的深山了。」

聽阿一這麼說，滑瓢爸爸抬頭看向北邊的天空。

「他很可能離開這裡躲到山上去了，要是他肯乖乖待在深山裡，那也算是好事一件……」

「夏日祭典該怎麼辦？」山姥奶奶懊悔的看著亂七八糟的倉庫，「怎麼做才能將這些沾了油漬的道具恢復原狀？」

野中先生遺憾的對山姥奶奶說：

「很抱歉，這些東西是不可能恢復原狀的，因為油已經完全滲進道具裡了。」

「那你說夏日祭典該怎麼辦？」

面對山姥奶奶的提問，即使是身經百戰的野中先生也無法回答。

「油……油……油……」滑瓢爸爸唸唸有詞，接著脫口說：「這種時候要是有油須磨（注③）在就好了。」

「油須磨？」野中先生問。

滑瓢爸爸點頭回答。

「沒錯，油須磨也是妖怪，這種妖怪可以從任何物體中吸取油漬，我相信他一定能將倉庫裡所有物品上的油漬吸乾淨……」

注③：日本九州熊本縣傳說的妖怪，又稱為「油燈怪」。相傳偷油的人死後會變成這種妖怪。

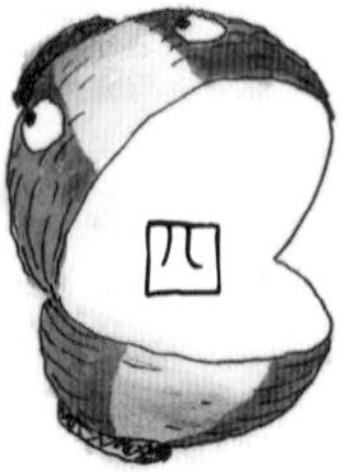

油須磨的吸油絕技

「等一下！」

滑瓢爸爸的話讓野中先生眼睛一亮，他翻找背在肩上的黑色公事包，從裡面拿出筆記型電腦，並且立刻按下電源鍵。

「我記得附近城鎮住著一位油須磨。」

「真的嗎？真是意想不到啊！」

滑瓢爸爸對事情的發展很意外，忍不住瞪大眼睛盯著正在操作筆電的野中先生看。

「你說有一位油須磨住在這附近，意思就是他也和我們一樣，住在人類的城鎮裡嗎？」

「是的，你說得沒錯。」野中先生點頭回答。

「現在全日本都在推動地區共生專案，協助人類與先住妖怪一起生活。不瞞你說，目前已經有許多妖怪在人類社會中生活，不管是哪個都道府縣的城鎮住著什麼妖怪，我們全都會把資料輸入電腦進行數位化管理。當然，『妖怪居民名冊』是極機密的機密檔案，只有幾個人能夠閱覽。

「喔，找到了，就是這個！『笹百合商店街一丁目，笹百合商店街內的『須磨米穀店』，這家販售燈油和米的店家，老闆就是你剛才說的油須磨。

「笹百合台距離化野原集合住宅區，開車只要二十分鐘。滑瓢先生，我們現在就去找油須磨幫忙，必須在鎮上居民發現倉庫現況之前恢復原狀……」

「說到這個……」夏日祭典執行委員長山姥奶奶說：「今天下午三點，要在公園廣場舉辦夏日祭典擺攤說明會，到時候應該會打開倉庫，把相關的道具拿出來。」

野中先生看了一眼手錶，緊張的說：「快走吧，我們只剩三個小時了。」

滑瓢爸爸點頭同意，對山姥奶奶和阿一說：

「我現在就跟野中課長去找油須磨幫忙。奶奶你先回公民活動中心，盡可能拖住委員會的成員，不要讓他們來開倉庫門，直到我們聯絡你為止。還有，請你跟的場局長說明事情經過，千萬不要讓其他人知道。阿一，今天辛苦了，你可以先回家，不過我之後可能還會需要你的千里眼幫忙。」

「好，我知道了。」阿一回答。

「哎呀，真是太好了，」山姥奶奶說：「他們差不多要發便當了，再不趕快回活動中心就要錯過了。」

妖怪們結束倉庫的勘查行動，各自去做自己的事。滑瓢爸爸坐上野中先生的車，一起前往笹百合台。

什麼？你問滑瓢爸爸為什麼不「咻」的一聲消失，再「咻」的一聲出現在笹百合台？因為他不知道笹百合台在哪裡，也不知道「須磨米穀店」的正確位置，即使有瞬間移動術，滑瓢爸爸也沒辦法「咻」的一聲飛到目的地不明的地方。

笹百合台是比化野原集合住宅區早三十多年興建的小型新市

鎮，道路區劃分工整，公寓和連排別墅排列整齊，市鎮中央的道路兩旁種著櫻花樹，形成美麗的路樹景致。還有公園、小學、幼兒園、消防局和購物中心等設施，這座新市鎮的街景和化野原集合住宅區極為相似，但興建年分比滑瓢爸爸居住的地方早三十年。道路兩旁的櫻花樹長得又高又大，枝葉茂密繁盛，不過有些民宅的外牆已經褪色，產生了些許裂痕。

「這座城市真漂亮。」

滑瓢爸爸在車裡看著窗外稍有年紀的城市風景，深有感慨的出聲讚嘆。他不禁想著，比起剛竣工的嶄新市鎮，這種有點歲月痕跡的城市更適合妖怪居住。他很期待化野原集合住宅區能像笹百合台一樣，逐漸增添時光的厚度。一想到這點，滑瓢爸爸就充滿了幸福感。

野中先生和滑瓢爸爸很快就抵達了「須磨米穀店」，這家店就位在公園和馬路中間的小商店街盡頭。這條商店街是由鋼筋水泥建成，白色的店鋪排列在道路兩旁，「須磨米穀店」的門口有一片綠色屋簷，飄散著寧靜的氣氛。

從屋簷下方的門口往店內看，可以看到昏暗的水泥玄關，店內的地板採用架高設計，地板上堆放著許多米袋。

堆疊整齊的米袋前面，擺放著標注「一見鍾情」、「越光」等米種的牌子，不過到處都沒有看到老闆的身影。

「不好意思，打擾了，請問有人在嗎？」

野中先生向店內打招呼，話一說完，店裡立刻出現一位頭很大的大叔，笑嘻嘻的穿過垂掛在店內的暖簾（注④），彷佛早就知道有人會來拜訪一樣。這位大叔一副還沒睡醒的樣子，雙眼分不清是睜著還是閉著，鼻子很塌，大大的嘴充滿笑意。

野中先生掃視了一下四周，然後才看著大叔問：「請問是油須磨先生嗎？」

須磨米穀店
米
新米入庫

大頭大叔點頭說：「我就是，請問有什麼事嗎？」

確定對象後，滑瓢爸爸往前走一步說明來意。

「油須磨先生您好，我是滑瓢。雖然今天是第一次與您見面，但我早已聽過您的大名。聽說您可以從各種物體上吸油，而且吸得很乾淨。我想拜託您一件事。我居住的城鎮有一名不法之徒，闖進了我們的倉庫，將放在裡面的夏日祭典道具全都潑上了油。現在所有東西都染上油漬，裡面也一團混亂，我們真的無計可施。能不能拜託您發揮能力，吸取倉庫中所有道具用品上的油漬呢？」

油須磨在昏暗的店內，歪著大頭考慮了一會兒，接著，用力點著頭說：

「好，我可以幫你把那些油吸光！不過被我吸走的油都得歸我，沒意見吧？」

「嗯，那是當然的。您吸走的油當然完全歸您所有，您可以儘管帶走。」

有了野中先生的保證，油須磨開心的點了三次頭，走到店門口掛上「午休中」的牌子。

就這樣，野中先生載著滑瓢爸爸和油須磨，急忙趕回化野原集合住宅區。

現在已經是下午一點，再過兩個小時，夏日祭典執行委員會的成員，就要來到廣場舉辦擺攤說明會，油須磨究竟來不來得及吸乾倉庫中所有的油呢？

油須磨站在憂心忡忡的野中先生面前，轉動大頭掃視倉庫內的情況，一臉幸福的用力嗅聞飄散在倉庫裡的油味，大嘴也不由得露出開心的笑意。

「是油，這是油，這是油的味道啊！這款油不錯，很值得吸，不過要怎麼吸呢？我可以一點一點慢慢吸，也可以一口氣全部吸光。」

「沒時間了，」滑瓢爸爸在一旁插嘴，「一口氣全部吸光比較快，就請您這麼辦吧！」

油須磨聞言又笑了起來。

「好喔，不過我會連倉庫一起吸，把油全都榨出來。」

「連倉庫一起吸？」野中先生驚訝的回應，「這麼做，倉庫裡的道具會不會壞掉？若是為了吸油而弄壞道具，那可是賠了夫人又折兵啊……」

油須磨發出「呼呀呼呀」的笑聲，輕拍野中先生的肩膀說：

「不用擔心，我只是稍微擰一下空間，把油榨出來而已，我會把一切恢復原狀的。不然這樣，你們就站在那裡，觀摩我的拿手好戲吧！」

為了避免被人看到榨油過程，造成不必要的騷動，野中先生和滑瓢爸爸仔細環顧廣場四周，確定附近沒人，才讓油須磨開始動作。

夏天午後正是最熱的時刻，高漲的氣溫甚至超過了人體溫度。居民們因為酷暑而閉門不出，整個城鎮無論是馬路、公園、廣場或成排的房屋都毫無動靜，刺眼的陽光讓四周陷入了沉睡。

「沒問題，現在行動不用擔心被別人看到。」

滑瓢爸爸點頭同意野中先生的說法，接著向油須磨說：

「油須磨先生，拜託您了，請您開始把油吸乾。」

「好。」油須磨充滿自信的點頭回答。

他已經做好吸油的準備，在公園廣場放著三個空油桶，油桶的開口各放了一個閃閃發光的金色漏斗。

油須磨拿出一條白底藍點的手帕，一邊用雙手擰絞手帕，一邊唱起歌來：

「油啊油，晃啊晃，來到賣油巷。

賣油的庄助（注⑤）可以給我一升油嗎？

你想買什麼油？

我們有菜籽油、麻油、山茶油、沙拉油，

歐洽、歐洽、歐洽、歐洽。
咚咚砰、咚咚砰。」

油須磨唱著歌，竟然發生了奇妙的現象。三間倉庫的四周開始吹起龍捲風，黑色龍捲風像是包圍著倉庫似的，發出「轟轟轟」的聲音，不停旋轉。

「油啊油，晃啊晃，來到賣油巷。
我是賣油的庄助。」

油須磨繼續唱歌，雙手也用力擰著藍點手帕。龍捲風像黑色陀螺般「咻咻咻」的轉動，不一會兒，被龍捲風圍繞的倉庫竟然輕飄

飄的飛到空中，開始扭轉變形。倉庫在龍捲風中扭絞彎曲，看起來就像是油須磨手中擰絞的手帕。

「油啊油，晃啊晃，來到賣油巷。

油啊油，晃啊晃，來到賣油巷。

要榨出什麼油呢？

歐洽、歐洽、歐洽、歐洽。

咚咚砰，咚！

歐洽、歐洽、歐洽、歐洽。

咚咚砰，咚！」

隨著油須磨高揚的歌聲，倉庫在風中也扭轉得越來越厲害。就在此時，變形的倉庫地板出現了三道金色線條，往油桶的漏斗不斷延伸。

滑瓢爸爸輕聲對野中先生說：「那是油！」

「你們看，榨出來的油開始流進油桶了。」油須磨說。

「好厲害啊……」野中先生驚訝的低喃。

「油啊油，晃啊晃，晃啊晃，

油啊油，晃啊晃，晃啊晃，

歐洽、歐洽、歐洽、歐洽。

咚咚砰、咚咚砰。」

油須磨唱的歌不知不覺變成了咒語，龍捲風將倉庫擰得越來越緊，榨出越來越多的油。

「油啊油，晃啊晃，晃啊晃，

歐洽、歐洽、歐洽、歐洽！」

榨出最後一滴油之後，油須磨瞬間攤開緊握在手中的手帕，同時大喊：

「所有的油都榨出來了！」

龍捲風「咻」的一聲消失無蹤，彷彿從未發生過任何事一樣，三間倉庫靜靜的佇立在廣場角落。右邊的倉庫恢復了原狀，重現四四方方的水泥結構與藍色石板瓦屋頂的熟悉模樣。

「好厲害！」野中先生忍不住再次輕聲驚呼。

油須磨看了看倉庫前的三個油桶，確認油桶都裝滿油後，露出滿足的笑容，蓋上了油桶蓋。

野中先生與滑瓢爸爸動作輕巧的查看倉庫內部。雖然裡面的道具依舊東倒西歪、亂七八糟，但是完全沒有油味，地板和牆壁上也看不到一滴油漬。搭建舞臺用的木材、紅白色布幕和燈籠也都變得很乾淨，看不出有油漬的痕跡。

「太棒了！油須磨先生，您太厲害了，我十分佩服！」

聽到滑瓢爸爸對自己如此感佩，油須磨再次開心的笑了。

接下來，野中先生把裝滿油的三個油桶放進車廂，並將油須磨送回笹百合台的「須磨米穀店」。另一方面，滑瓢爸爸也沒閒著，他打算回家請大力士阿天，以及身體可以變大的見越入道爺爺來幫忙整理倉庫。

就在油須磨準備坐進野中先生的車時，滑瓢爸爸忽然想起一件事，開口詢問：

「油須磨先生，您聽過在化野原流傳已久的『什麼東東石』的故事嗎？您知道那顆大石頭下埋的究竟是什麼嗎？」

油須磨坐在汽車後座，歪著大頭思考。

「這個嘛……我聽過那顆大石頭的名號，但是不清楚詳情。我記得『什麼東東石』的故事是很久以前的事了，我想飴衣山山頂上的千年杉應該知道……要是杉木會說話就好了。」

滑瓢爸爸目送逐漸駛離公園的汽車，一個人喃喃自語。

「這倒是提醒了我。飴衣山山頂的千年杉啊……那棵杉木一定知道化野原一帶發生的所有事情。飴衣山是這附近最高的山，千年杉每天都眺望著化野原，絕對不會錯過任何事。嗯，我要去問問那棵杉木，說不定可以解開謎團……」

注④：有遮陽、禦寒、阻擋灰塵等功用，商店經常將這種印有店名的布簾掛在門上。

注⑤：店鋪名。

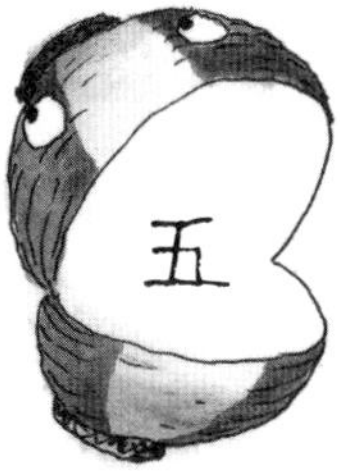

五 餡衣山的千年杉

在家睡得正酣的見越入道爺爺和天邪鬼阿天，被滑瓢爸爸硬是叫醒後，兩人一邊碎碎唸，一邊來到公園廣場，幫忙將凌亂不堪的倉庫整理乾淨。如果沒有大力士阿天和身體可以變大的見越入道爺爺協助，大家絕對不可能在這麼短的時間內將倉庫收拾整齊。見越入道爺爺變得跟倉庫天花板一樣高，將攤位用的長凳靠著牆邊往上堆，然後一邊堆一邊問滑瓢爸爸。

「然後呢？倉庫裡的慘況是什麼東東弄的嗎？」

「我想應該是他，」滑瓢爸爸點頭回答，「阿一從石頭原本的所在地發現一條很淡的痕跡直通這間倉庫，但是我們在這裡卻找不到那顆從繩子上彈出去的石頭。那顆石頭到底會滾到哪裡呢？」

「那傢伙被封印在地底很長一段時間，好不容易重獲自由，第一件做的事情卻是把倉庫弄得一團亂？這太奇怪了。」

見越入道爺爺一說完，在旁邊輕鬆舉起搭建舞臺用的木材，並將它們綁成一捆的阿天咿兮兮兮的笑了起來。

「這應該只是熱身而已，接下來他一定會大爆發，把城鎮弄得天翻地覆。」

滑瓢爸爸一邊摺著紅白色布幕，一邊瞪了阿天一眼。

「喂喂喂，阿天，這可不是什麼值得高興的事情。那傢伙要是大鬧城鎮，後果不堪設想啊！」

在三個妖怪的努力之下，原本凌亂不堪的倉庫終於恢復整潔。

就在這個時候，送油須磨回去的野中先生跑了回來。

「我在油須磨的米穀店買了三罐未開封的油回來。如果倉庫裡沒有油，委員會的成員一定會驚慌失措。」

野中先生將三罐新油整齊排列在倉庫地上，完成了這次的任務。

見越入道爺爺和阿天整理完畢就回家了，他們打算繼續補眠到傍晚。等大家都離開後，滑瓢爸爸先從內部鎖上倉庫門，再「咻」的一聲現身到門外。

「剛好趕上，真驚險。這次多虧有大家幫忙。奶奶他們應該會在十分鐘後過來，我先打電話給的場局長，跟他說我們準備好了。」

野中先生終於放下了心中的大石，拿出手機打電話給的場局長說明狀況。

打完電話後，野中先生看著上鎖的倉庫，心有所感的說：

「雖然這次平安度過了危機，但未來不知道還會發生什麼事。現在我們還不清楚對方的真面目，沒辦法事先防範，這有點棘手啊！」

「關於這件事……」滑瓢爸爸說：「剛剛油須磨說了，餡衣山的千年杉可能會知道什麼東東的真面目。我覺得這是個好線索，你認為呢？要不要去問問千年杉，看它知不知道什麼東東的事情？」

野中先生疑惑的歪著頭。

「咦？要去問一棵種在山上的杉木嗎？問它『請問你知不知道什麼東東石的真面目？』可是對方是一棵樹啊，要怎麼問出答案呢？樹又不會說話……」

「能不能問出答案，就要請小覺幫忙了，」滑瓢爸爸說：「就算是一棵樹，小覺也能看透它的內心。我們去問千年杉，看看它知不知道什麼東東的事情，無論千年杉的心裡有什麼答案，小覺都能讀出來。」

「原來如此，這真是個好點子！」

野中先生這才恍然大悟，頻頻拍手叫好。滑瓢爸爸說得沒錯，小覺可以透視內心，說不定也能看穿杉木的真心話。

擇日不如撞日，野中先生立刻向滑瓢爸爸提議：「那我們趕快帶小覺去餡衣山。」

「等一下，你先等一下。」

滑瓢爸爸出言制止一頭熱的野中先生。

「餡衣山是這一帶最高的山，它比周圍的山高出一截，因為圓形的山頂微微隆起，外形很像是餡衣餅（注⑥），所以大家都叫它『餡衣山』。它的名字聽起來很可愛，但要登上山頂找到千年杉，必須穿過茂盛的雜草，撥開交錯橫生的草叢，還要與惱人的蚊蟲奮戰，從沒有道路的山野登上山頂。

「我沒有冒犯的意思，但這條路對像你這樣的人類來說太危險了。這件事就交給我和小覺處理吧，畢竟我們妖怪與人類不同，我們沒有心臟，體內也沒有血液，不管登上多險峻的山都不會喘不過氣，也不會流汗，更不會被蚊子咬，而且就算蚊子咬我們也吸不到血。我和小覺很快就能登上餡衣山的山頂，向千年杉問出答案就回來，不會花太多時間的。這件事就交給我們吧！」

「我明白了，」野中先生點頭同意，「那一切就拜託你們。我會在這座廣場待命，在山姥奶奶他們過來的時候提供協助。我想委員會的成員應該就快到了。」

兩人取得共識之後，滑瓢爸爸又「咻」的一聲消失在倉庫前，回家帶小覺上山執行任務。

滑瓢爸爸瞬間回到自家客廳時，忍不住想著：「今天已經來回家裡好幾次了，真是忙碌啊！」

現在已經將近下午三點半，滑瓢爸爸搖醒抱著娃娃梅梅托在床上熟睡的小覺，對她說：

「小覺、小覺，抱歉打擾你睡覺，我需要你的幫忙，拜託你現在和我一起去餡衣山的千年杉那裡。我認為那棵千年杉，一定知道封印在地下的什麼東東究竟是何方神聖。到時候，希望你協助我看透千年杉的內心。」

小覺揉了揉眼睛，從床上坐起來，極不開心的回絕，「我不要，我想睡覺！」接著又倒頭鑽回被窩。

滑瓢爸爸又對小覺說：

「我知道你很想睡，現在才下午三點多，正是最好睡的時候，不過這是緊急事件，等辦完這件事，你就可以睡到飽了。我現在一定要盡快查出什麼東東石的真面目，才能提早防範問題發生。」

「我不要，我不要，我不要！」小覺越來越暴躁，躺在床上用力蹬著雙腳，「什麼緊急事件？跟我一點關係也沒有，我只想睡覺！」

滑瓢爸爸在內心嘆了一口氣，想著：「哎呀呀，我從來不知道小覺是個起床氣超級大的妖怪，想把她從床上拉起來，得費一番力氣才行啊！」

就在這個時候，轆轤首媽媽聽見小覺房間傳出聲響，特地過來查看。媽媽手中拿著一個倒滿熱騰騰可可亞的粉紅色鬱金香造型馬克杯，對小覺說：

「小覺，你看，是可可亞！快喝下這杯可可亞讓自己清醒，起來幫爸爸的忙。

梅梅托也說希望你幫忙爸爸喔。」

小覺不再蹬著雙腳，而是靜靜盯著躺在自己身邊、張大雙眼的娃娃梅梅托。小覺就是用這個方法讀取娃娃的心聲。

就像媽媽說的，梅梅托也希望小覺可以幫滑瓢爸爸的忙，於是小覺對梅梅托說：「我知道了，我會幫爸爸的忙。」然後接過媽媽手中的馬克杯，在喝完可可亞後終於起身下床了。

就這樣，滑瓢爸爸帶著小覺一起前往餡衣山。

兩人輕鬆走在餡衣山險峻的山路上。妖怪走路的方式相當特別，他們的腳步很輕盈，看起來似乎沒有碰到地面，像是蜻蜓點水一般，輕飄飄的飛越茂密草叢，宛如皮影戲偶或傀儡人偶那樣，令人大感驚奇。

妖怪不會流汗，也不會氣喘吁吁，更不會被蚊子咬。滑瓢爸爸和小覺就這樣往山上走，逐漸接近山頂。

千年杉是一棵矗立在餡衣山山頂的大型杉木，相傳它在山頂上屹立了上千年。它的樹幹十分粗大，大到要四個成人手牽手拉到緊繃才能環抱樹身。

除了千年杉，餡衣山山頂還長了一大片蔥蔥鬱鬱的山黃柏。滑瓢爸爸和小覺輕輕飛過這一大片山黃柏，降落在千年杉面前。

「小覺，我等一下會問千年杉問題，你要幫我讀出它的答案。」

「好。」小覺點了點頭，然後抬頭看向這棵千年神木。

巨大的千年杉以晴朗無雲的夏日天空為背景，靜靜的俯瞰滑瓢爸爸和小覺。這時，一朵蓬鬆的白雲緩緩飄過杉木上方。

在提問之前，滑瓢爸爸先畢恭畢敬的向千年杉打招呼。

「生長在餡衣山山頂，令人尊敬、敬畏的千年杉，謹向您致上親切的問候，衷心祝賀您的樹幹長得粗壯堅實，崇敬高貴的根部深植大地，仰望天空的樹梢壯闊美麗。」

接著，滑瓢爸爸開始切入主題。

「令人尊敬、敬畏的千年杉，在下有個問題向您請教。曾經有一顆由來已久的什麼東東石被封印在餡衣山的山麓，也就是您的眼皮子底下，請問您知道這顆石頭嗎？若您知道，能不能告訴我那顆石頭的淵源與由來？拜託您，請您務必告訴我那顆石頭是什麼，以及那顆石頭底下封印的又是什麼東西。」

風吹過餡衣山山頂，杉木樹梢微微搖擺，像是在喃喃自語，又像在輕輕點頭。

小覺專心的抬頭看著搖晃的樹梢。

「千年杉說它知道。」小覺看穿了杉木的內心。

滑瓢爸爸開心的說：「小覺，趕快告訴我千年杉的回答，告訴我什麼東東石究竟是什麼！」

小覺輕輕張開雙手，將手掌緊貼在樹幹上，進一步讀取杉木的內心。

「什麼東東石的底下什麼也沒有。」小覺說出的答案令人意外，完全出乎滑瓢爸爸的預料。

小覺接著說：「很久很久以前，餡衣山後方的咕嚕咕嚕山住著一隻鬼，鬼每次都會跑到人類居住的村落做壞事或惡作劇。有一次，鬼闖進權兵衛大人的馬廄，吃掉了剛出生的小馬。權兵衛大人剛好看到這一幕，便拿起一把大柴刀迅速砍下鬼的一隻手。鬼被砍傷後便逃了出去。

「權兵衛大人拿著砍下來的鬼手，跑去找大光寺的和尚。和尚相當震驚，他認為鬼一定會回來拿自己的手，於是將鬼手放入一個銀箱子，在一旁守著。果不其然，當天晚上吹著溫暖的強風，鬼在漆黑夜色的掩飾下來到了大光寺。鬼哭著說：『把手還給我，還給我。』和尚回答：『我不還，我不還。』他們就這樣說著『還給我』『我不還』『還給我』『我不還』……一問一答了一整晚。在天快亮的時候，和尚跟鬼說：『這樣吧，只要你承諾今後絕對不到村莊作亂，我就將手還給你。』鬼立刻答應：『我答應你，我承諾今後絕對不到村莊作亂。』於是和尚就將鬼手從箱子裡拿出來還給鬼。

「鬼開心的抱著斷手飛出大光寺，準備回到咕嚕咕嚕山。遺憾的是，當鬼飛到化野原村落近郊的草原時，剛好太陽從山的另一邊升上來，眩目的陽光一照到鬼身上，他抱著的斷手突然掉了下來，鬼也變成了一顆硬邦邦的石頭。這顆石頭就是什麼東東石，簡單來說，什麼東東石就是石化後的咕嚕咕嚕山鬼。」

小覺轉述完千年杉在心中說的長篇故事後，滑瓢爸爸「嗯」的一聲，點了點頭說：

「這個鬼真是時運不濟！好不容易拿回斷手卻變成一顆石頭，而且還一直待在原地過了幾百年，最後被世人遺忘。隨著時間流逝，久而久之人們就忘了那顆石頭原本是鬼，還誤以為那是將某個東西埋在地下的封印之石。山姥奶奶他們用蠻力將石頭拉出來，一定是這個動作喚醒了鬼。事實上，並不是石頭不見，而是石頭變回了鬼，化成一股黑煙飛走了。」

不一會兒，滑瓢爸爸像是想起什麼似的，小聲的說：

「那麼鬼的斷手去了哪裡？難道是跟鬼一起變成石頭了嗎？」

滑瓢爸爸說出自己的疑問後，小覺又開始翻譯千年杉的內心話。

「和尚將鬼的斷手再次放入銀箱子，把它埋在與鬼石有點距離的松樹下。」

「銀箱子？埋在與鬼石有點距離的松樹下？」滑瓢爸爸歪著頭思索，然後恍然大悟的說：「說不定那個鬼是在找自己的手！那個年代，松樹應該就種在現在蓋了倉庫的地方。鬼是為了尋找放有斷手的銀箱子，才會在倉庫裡翻箱倒櫃，還拿起銀色油罐把油灑得滿地都是。」

注⑥：將紅豆餡料覆蓋在麻糬上的日本傳統和菓子。

六 銀箱中的鬼手

滑瓢爸爸與小覺下山時，太陽已經開始西下，四周的天空出現晚霞，天色也逐漸暗了下來，正是妖怪們出來活動的時候。

樹林慢慢籠罩在昏暗的天色中，滑瓢爸爸與小覺恢復活力，腳步比來時更加輕盈，不一會兒便飄下了山。

小覺在山腳下和滑瓢爸爸告別後獨自回家，她應該會和娃娃梅梅托一起鑽進被窩好好補眠，不然就是叫醒梅梅托一起玩耍。滑瓢爸爸從山腳前往城鎮，開始像人類一樣「腳踏實地」的走路，避免引起周遭人們的注意。就算他外表看起來像是普通大叔，若走起路來輕飄飄的，像皮影戲戲偶般跳來跳去，還是會引起路人側目。

傍晚的中央公園相當熱鬧，化野原集合住宅區的居民在慢跑，孩子在玩球，只有野中先生一個人在這樣的喧譁嘻鬧聲中，站在倉庫前，等待滑瓢爸爸回來。

野中先生遠遠就看到滑瓢爸爸，迫不及待的揮手詢問：「你回來啦！辛苦了，事情辦得怎麼樣？」

滑瓢爸爸走到野中先生身邊，笑著回答：

「辨得相當順利，千年杉果然知道這件事的來龍去脈。」

「那你知道什麼東東究竟是什麼了嗎？」野中先生雙眼發亮，迫不及待的問。

滑瓢爸爸將小覺從千年杉那裡得知的故事，詳細轉述給野中先生聽，說完之後，他對野中先生說出自己的想法。

「奶奶和委員會的成員硬將石頭拉出來，讓變成石頭的鬼因而覺醒，開始尋找自己的斷手。倉庫之所以會弄得一團亂，我想應該是因為埋藏斷手的松樹原本是長在倉庫的位置，所以鬼一醒來就直衝倉庫便有了合理的解釋，也能明白他把銀色油罐裡的油全部倒出來的原因。鬼為了尋找斷手往倉庫飛，卻發現應該在那裡的松樹不見了，震驚之餘，才在倉庫裡東翻西找。由於找不到擺放斷手的銀色箱子，當他發現銀色油罐時才會將油倒出來，想確認斷手在不在裡面……我的推理是這樣，你覺得呢？」

野中先生點頭同意滑瓢爸爸的說法。

「很有可能。等一下，我現在立刻確認……」

「確認什麼？」

野中先生在疑惑的滑瓢爸爸面前打開包包，拿出筆記型電腦並打開電源。

「我的電腦裡有興建住宅區前探勘這一帶的地形圖和照片，只要看一下這些資料，應該就能確認推論是否正確。」

野中先生俐落的敲打鍵盤，並且專注的盯著電腦螢幕。

「就是這個，『中央公園預定地』。嗯……這片草原中央的石頭，絕對就是留在廣場裡的什麼東東石。興建倉庫的位置就在這顆石頭的這個方向……喔，有了！滑瓢先生，你快看這個，這裡有一棵大松樹，位置就跟最右邊的倉庫一致。我看看……如果將測量地圖疊在照片上，再疊上現在的照片……你看，完全吻合！松樹和最右邊的倉庫在相同位置。」

野中先生的電腦螢幕顯示出一張又一張的圖片，滑瓢爸爸興味盎然的盯著螢幕看，對於比對的結果相當驚喜。滑瓢爸爸用力的點了點頭才開口說話。

「跟我想的一樣！鬼在尋找他斷掉的手。他之所以一醒來就毫不猶豫的直衝這裡，一定是因為斷手還埋在倉庫底下。鬼受到自己的手吸引，才會飛進倉庫。若真是如此，消失在北方深山的鬼，一定還會回來。」

野中先生點頭說：「沒錯，他一定會回來。」

滑瓢爸爸和野中先生打算在鬼回來之前，先把他的斷手從地底挖出來。不管怎麼說，這隻被斬斷的手是與鬼談判的最大王牌。變成石頭的鬼被卡在地上好幾百年，他若是對人類懷恨在心，決定大鬧城鎮，後果將會不堪設想。到那個時候，滑瓢爸爸他們必須利用斷手，要求鬼不再騷擾人類。

滑瓢爸爸對野中先生說：「鬼一定會在半夜來人類居住的城鎮。

在所有妖怪中，鬼特別喜歡黑暗，他們害怕陽光，總是在夜最深的時刻出來活動。」

為了在鬼出現之前，先將埋在地下的斷手挖出來，滑瓢爸爸再次請求大力士阿天和千里眼阿一來幫忙。

隨著天色越來越暗，集合住宅區的住家窗戶一個一個透出燈光，原本人聲鼎沸的公園也慢慢安靜下來。等到夜幕低垂，廣場上已經空無一人，除了野中先生，其他人都回家了，不過九十九妖怪一家全都聚集在廣場的倉庫前。

他們聽說滑瓢爸爸請阿天和阿一幫忙挖出鬼的斷手，所以全都跑來湊熱鬧。

「沒想到那顆石頭竟然是鬼。」山姥奶奶說。

「為了拿回自己的斷手卻變成石頭，說起來那個傢伙也真是可憐，他要是因此憎恨人類也算情有可原啦。」

聽到爺爺這麼說，滑瓢爸爸出言反駁。

「可是並不是人類讓鬼變成石頭的啊，他沒道理怨恨人類。」

「不對，話可不能這麼說，」見越入道爺爺還是堅持己見，「要不是和尚拖拖拉拉，不肯把手還給鬼，怎麼會造成這樣的結果？如果當初和尚立刻歸還斷手，鬼也不會變成石頭。我覺得他生氣是有道理的，他一定會向人類報仇。」

一目小僧阿一好奇的問見越入道爺爺。

「可是約好的承諾到底算不算數呢？在變成石頭之前，鬼已經與和尚說好，只要和尚將手還給他，他就不在人類居住的村莊作亂。」

此時天邪鬼阿天咿兮兮兮的笑了出來，插嘴說：「鬼早就忘記這個約定了，畢竟他沉睡了好幾百年。再說，當初跟他說好的和尚早就不在人間，約定自然也不算數。為了向人類報仇，鬼一定會發狂，大鬧化野原集合住宅區！」

「哎呀，這下該怎麼辦呢？」轆轤首媽媽不安的說：「好不容易才習慣這裡的生活……要是鬼出來作亂，事情會很難收拾呢。」

因為太過擔憂，媽媽的脖子不由得越變越長。

就在眾人你一言我一語之中，滑瓢爸爸站出來說話了。

「先別管這些了，我們要趕快將斷手挖出來，才能避免嚴重的後果。只要拿到鬼的斷手，就能再次和鬼談判。跟他說，只要他承諾不在人類居住的城鎮作亂，我們就把斷手還給他。」

為了達成目標，妖怪們展開了鬼手挖掘大作戰。任務名稱聽起來感覺很辛苦，事實上卻一點也不難。只要借助阿天的力氣和阿一的千里眼，根本就是輕而易舉。

阿一凝視地面，很快就找到埋在倉庫下方的鬼手。

「喂，找到了！」阿一的一隻眼睛在漆黑的夜色中閃著精光，「雖然埋在土裡有些發黑，但我看到了一個銀色箱子，鬼手就在那個箱子裡。斷手沒有腐爛，還維持著原有的形狀。」

聽到阿一的話，阿天說：「那我先將礙事的東西抬起來吧！」

他用手握住右邊的倉庫，一邊喊著「嘿咻嘿咻」，一邊將倉庫抬到頭頂上，就像舉重選手高舉槓鈴一樣。

「就在這個底下，」阿一指著倉庫下方裸露的地面，「大概在爸爸身高兩倍深的地方。」

「交給我處理！」

山姥奶奶拿起鏟子，開始挖掘阿一手指著的位置。

雖然不像阿天是大力士，山姥奶奶的力氣也很驚人。只見她俐落的拿著鏟子往地面鏟，鏟起一堆又一堆的土，挖出越來越深的洞。不一會兒，洞的深度就跟滑瓢爸爸的身高一樣了，再過一會兒，奶奶就挖出了兩倍深的洞。

滑瓢爸爸站在洞的邊緣大叫。

「奶奶，小心挖，慢一點！」

「再鏟一次就會挖到嘍！」阿一說。

阿一話才說完，山姥奶奶就在洞穴底下大喊：「挖到了！」

見越入道爺爺隨即朝洞穴大喊：「奶奶，抓住繩子，我們要把你拉上來嘍！」

滑瓢爸爸和野中先生在地面上抓住繩子往後拉，將奶奶拉出洞口。山姥奶奶站在洞穴邊緣，一手抓著繩子，另一手拿著從銀箱中取出的鬼手。

「太好了，就是這個，這就是鬼手！」

滑瓢爸爸看著奶奶手中的東西，開心的大叫。

「給我看，我想看！」

阿天迫不及待的將高舉在頭頂的倉庫往旁邊丟，裡頭擺放著夏日祭典道具和用品的倉庫，就這樣掉落在距離原本位置十公尺遠的地面，發出一聲巨響。

現在所有人都聚集在奶奶身邊，包括滑瓢爸爸、轆轤首媽媽、見越入道爺爺、阿一、野中先生，以及從剛才就一直抱著梅梅托，靜靜看著整個挖掘過程的小覺，還有光頭的的場局長……咦？的場局長是什麼時候到廣場的？總之，所有人擠在一起伸長脖子，稀奇的盯著長滿毛的鬼手。

「太好了……」

野中先生終於放下心中的大石，深深吐出一口氣。

「我們比鬼先拿到斷手真是太好了，」滑瓢爸爸滿意的說：「不過現在到半夜還有一段時間，我們該把斷手放在哪裡保管呢？」

「我可以保管，畢竟我是夏日祭典執行委員會的委員長，我來保管最適合。」山姥奶奶抱著鬼手，同時仔細撥掉鬼手上沾黏的泥土。

站在其他家人之中的小覺，突然開口說：

「奶奶，你現在在想『鬼手究竟是什麼味道？真想咬一口看看』，對吧？」

其他人聽到小覺這麼說，全都盯著山姥奶奶看。奶奶故意咳了兩聲，才轉頭看向旁邊，裝作一副沒事的樣子。

「將鬼手放到化野原集合住宅區管理局事務所的金庫，各位覺得如何？」的場局長提議。

「事務所有金庫嗎？」的場局長點頭回答野中先生。

「有啊，事務所有一個很大很堅固的金庫。將鬼手放在裡面，即使是鬼也無法輕易取出。」

「的場局長的提議很好，」滑瓢爸爸也覺得這是一個好主意，「我們將鬼手放進金庫裡上鎖保管，然後所有人在管理事務所等鬼出現吧！奶奶，把鬼手給我。」

可是山姥奶奶捨不得把鬼手交出去，她依依不捨的不停撫摸、摩擦鬼手。

這個時候，小覺又開口說話了。

「為什麼你在想『這麼一來，這隻手就屬於我的了』？」

滑瓢爸爸一臉嚴肅的瞪著奶奶。

「奶奶，不要無理取鬧，那隻手不是你的。」

奶奶嘟著嘴反駁。

「我才沒有這麼想呢！」

小覺也搖搖頭解釋。

「不是，這不是奶奶的想法，是的場局長的。」

「什麼？」

所有人一起轉頭看向光頭的的場局長，他那張老實臉上，頓時露出一副「不知道該如何是好」的表情。

這時，小覺又接著說：「你現在在想『糟了，在暴露身分之前，先逃再說』，對吧？」

說時遲那時快，山姥奶奶抱在胸前的鬼手突然開始振動，接著像是動物一樣從奶奶的手中脫逃，直接飛往的場局長的方向。的場

局長伸出左手接住鬼的斷手，笑咪咪的看著九十九妖怪一家。

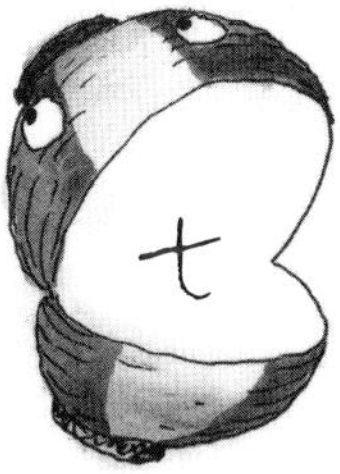

七 鬼手主人現身

在場所有人都嚇了一大跳，但是更驚人的事發生了！的場局長的身體像蜉蝣般左右搖晃，接著由下而上變成一股黑煙，就在大家以為他的身體完全消失並化為黑煙後，下一秒黑煙的上方就冒出了一顆頭。這顆頭長著一張赤紅的臉、蓬亂的頭髮、大鼻子和暴牙，頭頂上還有兩隻角！

「鬼、是鬼啊！」野中先生放聲大叫。

「啊，好酷，是真正的鬼耶！」山姥奶奶不知道為什麼，竟然開心的叫了起來。

鬼從黑煙中探出上半身，閃著精光的雙眼凝視著廣場上的每一個人，而且他的左手正拿著從手肘處被砍下的右前臂。

鬼對所有人說：「嘿嘿，再見了！」下一秒便轉頭拖著黑色煙尾往夜空飛去。

見越入道爺爺放聲大喊：「等一下！」接著立刻變大身體，伸展雙臂，堵住鬼的去路，不讓他飛走。不過鬼還是「咻」的一聲，從爺爺的手臂下方鑽了過去。

阿天咿兮兮兮的笑著說：「我最喜歡玩追逐遊戲了！」接著便往上一跳，抱住了鬼的黑煙尾巴。

「喔，阿天抓住鬼的尾巴了！」滑瓢爸爸激動的叫了起來。

「放開我、放開我！」

鬼一邊大喊一邊甩動尾巴，在廣場上空飛來飛去。儘管阿天不停被往外甩，但他仍然緊抓著鬼的尾巴不放，並且慢慢往鬼的身上爬。不一會兒，阿天就用雙手抱住了鬼的腰。

在黑暗中來回飛翔的鬼，動作開始變得遲緩，因為帶著阿天在空中盤旋是一件很累人的事，而且他的腰被阿天抱住，難以活動自

如。原本在高空中飛來飛去的鬼，慢慢降低了高度，像是沒摺好的紙飛機般左搖右晃、飄浮不穩，不一會兒，便拖著黑煙尾巴往下掉。

阿一指著夜空中的一個點說：「啊，鬼要掉下來了！」

「看我的！」

變成巨人的見越入道爺爺

往前跨出一大步，站在廣場邊緣，伸出粗壯的雙手接住往下墜的鬼。爺爺回到其他人面前，維持抓住鬼的姿勢變回正常尺寸。當爺爺變回正常尺寸後，三隻妖怪便出現在大家的眼前：見越入道爺爺、天邪鬼阿天，以及被爺爺和阿天各抓住一邊肩膀的鬼。

鬼哭喪著臉說：「放開我啦，我想回山上咧。」

阿天說：「這傢伙說話有腔調耶！」

爺爺問：「鬼，你說話怎麼有大阪腔？」

「才不是大阪腔咧，我是從大江山那邊來的咧。」

「大江山？」滑瓢爸爸疑惑的說。

「是京都的大江山嗎？」野中先生問。

鬼開心的對野中先生點頭說：「對，沒錯咧。」

「為什麼大江山的鬼會在化野原？」

見越入道爺爺問完，鬼便開始述說自己的故事。

「我是在大江山出生長大的，但是大江山一帶變得越來越危險……只因為我是鬼，人類就要把我趕走，情勢一天比一天危急，所以我才搬來這裡咧。」

「搬來這裡？從大江山？」滑瓢爸爸驚訝得喃喃自語，接著看了野中先生一眼。

鬼點點頭說：「是啊，我從大江山搬到咕嚕咕嚕山，請大家多多指教。」

「不是，這個……」鬼突然這麼客氣，野中先生一時不知道該怎麼回應，「把倉庫弄得一團亂的是你吧？做出這種事的人……不對，做出這種事的鬼突然對我說『請多多指教』，我真的很為難啊……」

野中先生的回答讓鬼感到很失落。

「我知道，對不起，」說完之後，鬼露出不安的神情四處張望，

「我醒來之後真的嚇了一大跳。化野原的景色變得完全不一樣……大光寺不見蹤影，和尚也死了，原本是一片草原的地方，生出一個一

個的大箱子，我真的很懷疑這裡到底是不是化野原。我跑到埋藏斷手的地方，卻怎麼找也找不到……後來我有點生氣，才會將倉庫弄得一團亂。我真的很抱歉！」

眾人聽了鬼的真心話，全都面面相覷，大家都能理解鬼醒來後的震驚心情。他變成石頭沉睡了好幾百年，醒來之後這個世界卻人事全非，完全不是他印象中的模樣。

見越入道爺爺率先打破沉默，說：「嗯，我能理解你的心情……可是我不能原諒你偽裝成的場局長騙我們。」

鬼露出愧疚的表情，垂頭喪氣的說：

「對不起，我錯了。我在這裡人生地不熟，要是在路上閒晃被別人發現，不知道會發生什麼事。為了避人耳目，我才想偽裝成個性隨和的人類，出來打聽打聽狀況。我先躲在一旁觀察，發現那位光頭大叔看起來人很好，大家也很信任他，所以才決定偽裝成他的模樣。我變成他待在各位身邊查看狀況，沒想到事情進行得很順利。看到你們挖出了我的手臂，我就想一定要趕快拿到我的手回山上去，而且這隻手臂本來就是我的。」

滑瓢爸爸點點頭，接受了鬼的說法。

「你的想法很對，的場局長不僅做事可靠，而且沒有人比他更值得信賴。」

為了避免橫生枝節，野中先生謹慎的問：「話說回來，你以前在這裡好像做了許多壞事吧？所以才會被砍斷手臂，最後變成石頭不是嗎？」

「才不是這樣，我絕對沒有做壞事！」被見越入道爺爺和阿天壓制住雙手的鬼，拚命搖頭否認，「那完全是誤會！我確實經常到村莊，但絕對沒有做壞事。我獨自一『鬼』從大江山搬到這裡，不認識任何人也沒有同伴真的很寂寞，所以才會時不時到村莊裡散步，但我真的沒有做壞事。明明什麼壞事都沒做，村子裡的人卻一看到我就逃跑。我說的都是真的！我真的沒有做壞事，我可以用頭上的角發誓，我是無辜的！」

「可是……」滑瓢爸爸說：「你確實被人看到溜進權兵衛的馬廄，吃掉剛出生的小馬，我沒說錯吧？聽說就是因為這樣，權兵衛才會拿出大柴刀砍掉你的手。」

鬼情緒激動得大叫：「我快暈倒了！這到底是誰造的謠？是誰跟你說的？」

「是千年杉說的，」小覺說：「我們去餡衣山山頂問了千年杉。」

鬼露出生氣的表情，皺著粗粗的眉毛說：「那株千年杉從那麼高的地方往下看，不可能看得清楚村子裡發生的所有事情。不過那株千年杉是順風耳，只要有風吹過，就能聽到村子裡的所有傳聞。那些傳聞絕大多數都是空穴來風、胡說八道。」

聽鬼這麼說，滑瓢爸爸不禁看著鬼認真發問：「是嗎？那到底發生了什麼事？你的手為什麼會被砍下來？」

鬼下定決心，準備說出事實。

「請你們仔細聽我說，當時我去權兵衛大人的馬廄，是為了協助母馬生產。那匹母馬難產，情況很危急，還好最後平安生下了小馬。誰知道就在這個時候，權兵衛大人突然闖了進來，一句話也不說，就舉起大柴刀朝我砍來。我一嚇到就舉起右手抵擋，結果右手臂就這樣被砍了下來。我真的沒有殺生，也沒有吃掉小馬，這就是事情的真相。」

為了確認鬼說的話是不是真的，野中先生插嘴詢問。

「既然如此，後來你去找和尚要回斷手的時候，為什麼要發誓『今後絕對不到村莊作亂』呢？」

鬼再次激動了起來，著急的說：「不瞞各位，那名大光寺的和尚是個好人，他聽了我說的話便向我道歉，並且將手還給了我。他還說：『村民都說很怕你，我會跟他們說你沒有做任何壞事。』我們兩個相談甚歡，沒想到聊得太開心，一回神才發現天快亮了。於是我趕緊告辭回家，卻發現太陽已經升起。說起來還真丟臉，竟然因為聊天聊到忘我而變成石頭。」

聽完鬼的說詞，滑瓢爸爸轉頭看了小覺一眼，小覺也認真的點頭回應。

「嗯，他沒說謊，那些全是真話。」

連能洞察人心的小覺都這麼說了，那絕對沒有錯。

「原來是這麼一回事。」野中先生說。

「我真同情你的遭遇。後來你變成了石頭，沉睡好幾百年……」

轆轤首媽媽說。

「原來你不是為非作歹、粗暴強勢，令人恐懼的鬼啊。」山姥奶奶似乎有些失望。

阿一則興致高昂的問：「你將斷手帶回去以後，打算怎麼辦？」

鬼看著左手中的斷手說：「相傳大江山的鬼有一種獨門藥物，只要將那種軟膏塗在傷口上，再將砍下來的手接回去，就能恢復原狀。你不用擔心。」

阿天站在鬼的身邊，雙眼發出閃亮的光芒，崇拜的說：「好厲害的藥啊！」

「你真的不會作亂了嗎？」山姥奶奶一臉遺憾的問。

其他人聽到奶奶這麼說，全都轉頭盯著奶奶看。

山姥奶奶發現情勢不對，趕緊向大家解釋。

「哎呀，那真是太好了！他不是恐怖的鬼就好，我只是這麼想而已啦！」

小覺看著奶奶說：「你說謊，你明明在想『呿！太無趣了』。」

奶奶又咳了幾聲轉移焦點，轉頭看向旁邊。

「不管怎麼說，這都是一件好事，」野中先生終於放下心中的大石，開心的說：「我原本還很擔心，要是甦醒的是一隻暴戾的鬼，那該怎麼辦？沒想到你是個性溫和的人……不，你是一隻個性溫和的鬼，這樣我就放心了。」

此時鬼還夾在爺爺和阿天中間，他又開始不安的四處張望。

「對了，今後我該怎麼辦才好？這裡已經不是我認識的化野原了，我沉睡的這段期間，這裡完全不一樣了……」

「你會嚇到也很合理，」滑瓢爸爸沉靜的開口，「這裡既是化野原也不是化野原。這裡興建了名叫集合住宅區的人類城鎮，原本廣闊無邊的茂密草原已經消失，現在這裡叫做化野原集合住宅區，我們妖怪自古以來生活的地方全都不見了。」

九十九一家聽到滑瓢爸爸這麼說，全都露出少見的嚴肅表情。

他們可能是想起了改變之前，令人懷念的大草原。

鬼在漆黑的夜色中，戰戰兢兢的看著所有人問：

「你剛剛說『我們妖怪』，請問……各位都是妖怪嗎？難怪你們聞起來都不像是人類。」

山姥奶奶點點頭，代表所有家人站出來說明。

「沒錯，我們全都是妖怪，只有野中先生是人類。我是山姥、爺爺是見越入道、爸爸是滑瓢、媽媽是轆轤首，還有一目小僧阿一、天邪鬼阿天以及小覺……我們是妖怪一族。」

鬼驚訝得瞪大雙眼，再次環顧九十九一家。

「你們都是妖怪嗎？那我們是同類呢！對了，你們自古生活的地方不見了，那現在怎麼辦？」

「我們就住在這裡。」

聽了滑瓢爸爸的回答，鬼變得更加驚訝。

「住在這裡？住在這個城鎮嗎？你是說，你們住在人類的城鎮裡？」

轆轤首媽媽說：「我們好不容易才習慣住宅區的生活，我們家就在東町三丁目B棟地下十二樓，歡迎來玩。」

見越入道爺爺說：「人家說隨遇而安，住久了也就習慣了。在人類建造的方形建築物中生活，雖然感覺有些擁擠，但也並非全是壞事。在這裡可以看大螢幕電視、泡按摩浴缸，偶爾還能嚇嚇那些下班後出去喝酒，喝得醉醺醺才回家的人類。」

滑瓢爸爸嘆了一口氣說：「爺爺，不是說好不能嚇附近鄰居嗎？」

鬼對於九十九一家的生活十分驚訝，於是野中先生對鬼說：

「怎麼樣？鬼先生，你想住在這個城鎮裡嗎？剛剛聽了你說的話，我有一個提議，你想不想在集合住宅區裡開一間藥局呢？除了販售一般的商品，也可以賣大江山鬼祕傳的獨門軟膏，我想生意一定會很好。你的店鋪我會裝設不透光的特殊窗戶，而且你已經懂得如何偽裝成人類，相信你一定能在這裡住得舒適愉快……」

不過，鬼婉拒了野中先生的邀約。

「你的提議很誘人，不過請容我拒絕。我變成石頭已經好幾百年，而且這座城鎮的燈光太刺眼了，再說，即使化野原的風貌已經不復從前，我住的咕嚕咕嚕山還像以前一樣佇立在那裡，我想在那座山的黑夜中生活。」

「你的選擇很正確。」滑瓢爸爸認同鬼的想法。

野中先生也慎重的點頭說：

「這樣啊，我知道了。要是你遇到任何困難，歡迎隨時來找我，我和滑瓢爸爸一定會幫你解決問題。」

轆轤首媽媽也跟鬼說：「請一定要來我家玩，我會做美食慶祝你重生，我等你來。」

擔任夏日祭典委員長的山姥奶奶也說：「你一定要來參加我們的祭典！祭典將在五天後的晚上舉行，到時候會有許多攤位，來跟大家一起唱歌、跳舞吧！」

「謝謝你們，」鬼開心的笑著說：「大光寺的和尚是我好不容易交到的朋友，知道他走了，我還覺得很不安，現在能和這麼多妖怪、人類做朋友，我又覺得未來充滿了希望。這是我第一次交到這麼多朋友……各位，謝謝你們，未來還請多多指教！」

在九十九一家和野中先生的合作之下，化野原集合住宅區什麼東東鬼的騷動事件總算順利落幕。

夏日祭典登場

舉辦夏日祭典的夜晚終於到來。對九十九一家而言，夏日祭典從傍晚開始真是再好不過了，畢竟妖怪們都是在日落之後才會出來活動。

祭典當天是星期六，也是市公所的休假日，所以滑瓢爸爸一直待在家裡。

在夏日祭典執行委員會擔任委員長的山姥奶奶，從中午過後就出門處理祭典的準備工作。其他九十九一家的成員，難得都在日落之前醒來，待在客廳等著出門參加祭典。

「現在可以出門了吧？」小覺說這句話的時候，客廳牆上的掛鐘指針正指向六點。

滑瓢爸爸搖搖頭說：「還不行，現在天色還很亮，等一會兒再出門。」

「現在可以出門了吧？」轆轤首媽媽說這句話的時候，時間來到了六點半。

滑瓢爸爸說：「還不行，等天色再暗一點。」

等時鐘指針正好指向七點的時候，阿一從沙發上站起來說：「爸爸，可以出門了。」

滑瓢爸爸點點頭說：「是啊，天色暗下來了，我們出門吧！」

這個晚上，九十九一家決定穿上祭典服裝出門。

轆轤首媽媽穿著點綴牽牛花圖案的淡紫色浴衣；小覺穿的是白底紅金魚圖案的浴衣；阿一與阿天穿著同款設計的祭典法被（注⑦），就是那種背後有白色「祭」字和拔染圖案的深藍色外衣。當然，滑瓢爸爸與見越入道爺爺也穿著樸實風格的浴衣。

滑瓢爸爸大聲呼喚「出門嘍」，九十九一家便一起走出玄關。

對了，阿一出門期間一直戴著狐狸面具，雖然現在是晚上，但在祭典燈光的照明下，阿一的一隻眼睛還是相當突兀，要是暴露身分，後果將不堪設想。

電梯在上升到一樓時打開了門。九十九一家走出電梯，站在一樓電梯門前，帶著小女孩的老婆婆隨後走了進去。小女孩雙手拿著水球和棉花糖，看來她們已經逛完祭典，正準備要上樓回家。

老婆婆看著走進黑夜的九十九一家，心中疑惑的想著：「之前沒看過這家人，他們都住在B棟嗎？」

這位老婆婆會懷疑是有原因的，因為沒有任何一位居民知道九十九一家住在B棟的地下十二樓。要是他們知道公寓底下住著妖怪，一定會嚇到不知所措。

盛夏的太陽即使沉入山的另一邊，仍有微光照耀著傍晚的天空。夕陽餘暉將西方的天空染成玫瑰色，城鎮的空氣被昏暗的青紫色包圍。這段天色越來越暗的時刻，正是九十九一家最喜歡的時光。

不過今天傍晚與平時有些不同，熱鬧的人聲與太鼓聲響，隨著從城鎮中心吹來的夜風，傳入九十九一家的耳中。那應該是跳盆舞的音樂，而且除了樂音，空氣中還傳來了食物的香氣。

像是受到太鼓聲響的邀請，也像是被美食香氣吸引，九十九一

化野原
集合住宅區
東町三丁目
A B C D E
祭
祭

家朝著購物中心與中央公園的方向走去。

離購物中心越近，人潮就越多。有攜家帶眷出門參加祭典的人們，也有剛逛完祭典要回家的居民，往來的人潮絡繹不絕。

貫穿中央公園和購物中心的大馬路，從化野原東二丁目的坡道到中央橋前的十字路口進行交通管制，禁止車輛通行。道路兩旁設置了各式各樣的攤位，不只有小吃攤，還有以長氣球做出動物造型的攤位，陳列著竹蜻蜓、挑擔平衡玩具「彌次郎兵衛」的手作竹子工藝店，裡面塞著鋼珠的軟木塞射擊遊戲攤位，還有套圈圈攤位、撈金魚攤位、撈水球攤位、迷你保齡球攤位、飛鏢攤位。

九十九一家出門前，轆轤首媽媽已經先把零用錢發給所有人。至於零用錢的來源，當然就是滑瓢爸爸在市公所工作領到的薪水。

九十九一家走到購物中心前的噴泉廣場，看見廣場上也有許多小攤位。執行委員會設置的總部帳篷就在廣場的角落，執行委員長山姥奶奶就坐在長凳上，吃著她最愛的鯛魚燒。

山姥奶奶旁邊坐著執行委員小真，也就是真島女士。她正拿著麥克風廣播，要協尋一位和媽媽走散的小朋友。

「委員會報告，委員會報告，有一位媽媽正在尋找她的小孩，小孩名叫三浦勇氣，目前就讀小學四年級。請看到這位小朋友的人，立刻跟總部帳篷聯繫。三浦勇氣小朋友身穿白色T恤、褐色長褲，還套著一件深藍色祭典法被。」

就在此時，小吉——吉岡女士急急忙忙跑進帳篷。

「委員長，不好了！西小爸爸負責的串燒店，忘記在開業前準備開罐器，他們問總部有沒有開罐器可以借。委員長，我們有嗎？」

山姥奶奶看了小吉一眼，不耐煩的回答：「我們怎麼可能有這種東西！再說，開罐器到底是什麼？他們要開罐器做什麼？」

山姥奶奶壓根不知道開罐器是什麼，不過急得火燒屁股的小吉沒有察覺這件事，而是拿出一瓶啤酒解釋。

「他們說要開啤酒瓶蓋。他們的串燒店除了有賣國產罐裝啤酒，還有販售外國的瓶裝啤酒。」

山姥奶奶接過小吉手中的瓶裝啤酒，一手拿著瓶子將大拇指放在瓶蓋鋸齒狀的下緣，接著大拇指往上一彈，瓶蓋就「砰」的一聲彈開了。小吉瞠目結舌的看著已經開瓶的啤酒，激動的說：

「真不愧是委員長，好厲害啊！那我去跟串燒店的人說，如果他們需要開啤酒，就來總部帳篷找委員長喔！」

九十九一家看到山姥奶奶很盡責的做好委員長的工作，這才放下了心中的大石。

「喂，你們可以再幫我買十個鯛魚燒嗎？」山姥奶奶說。

「好啊，你不介意的話，等我們逛完中央廣場的攤位再幫你買。」

滑瓢爸爸說完，便和其他家人一起穿過噴泉廣場，往公園的方向走去。

「恐怖喔！人偶竟然會說話，看起來很恐怖喔！」

隱藝友會的友安大叔，正在撈金魚的攤位前面表演腹語術。由於他操作腹語人偶的技術太過拙劣，不少小朋友看到人偶就被嚇哭。

「乖，不要哭了，媽媽買棉花糖給你吃。」家長們為了安撫小孩的情緒，紛紛到隔壁的棉花糖攤位買棉花糖給小孩吃。多虧了友安大叔，棉花糖攤位的生意相當好。

夜色越來越深，祭典的燈光卻越來越明亮。點亮攤位的照明燈，掛在馬路邊的紅色燈籠，以及妝點在盆舞舞臺周邊的燈飾，熱鬧的祭典即將迎來最高潮。

面向大馬路的公園入口聚集了大量人潮，那裡離盆舞舞臺和滿月池都有一段距離。公園入口處似乎正在舉辦什麼活動，聚在那裡看表演的民眾，一會兒熱烈鼓掌，一會兒高聲喝采。

「那裡到底在辦什麼活動呢？」轆轤首媽媽從人潮的最後方悄悄伸長脖子，盡可能低調的查看狀況。

公園入口處擺了一張鐵桌，桌子兩邊分別站著一名綁藍色頭巾的大叔和一名綁紅色頭巾的男子，兩人隔著桌子在互相對峙。身穿T恤、看似主持人的男人，站在桌子前方大聲吶喊，炒熱氣氛。

「紅色角落是冠軍王者鬼吉，藍色角落是挑戰者偉大山村，雙方請準備！」

在一旁觀賽的民眾紛紛拍手叫好。綁藍色頭巾的大叔和綁紅色頭巾的男子，分別將右手放在桌子上。他們用手肘撐住桌面，然後手掌互握。從這個狀況來看，雙方似乎是要比腕力。不過從身形來比較，紅色角落的冠軍王者鬼吉，身材遠比藍色角落的偉大山村瘦小，簡直就像是小貓對戰公牛。

就在此時，主持人「匡」的一聲敲響了鑼，向眾人宣告比賽開始。不過就在鑼聲響起的那一刻，勝負已然揭曉。沒想到身材瘦小的鬼吉，竟然瞬間擊敗了偉大山村，將對方那粗壯的手臂按壓在桌面上。

現場響起如雷的歡呼聲。身穿T恤的男主持人，請兩名參賽者站在桌子前方，高舉冠軍王者鬼吉的手說：

「優勝者是冠軍王者鬼吉！」

滑瓢爸爸運用自己的能力，一會兒消失在人群後方，接著又悄悄出現在人群前面查看比賽狀況，然後用別人聽不見的聲音低喃。

「啊！那一定是鬼，他化裝成男子的模樣來參加祭典。」

此時T恤男再度吆喝：「有沒有人想挑戰冠軍呢？對自己腕力

有信心的人，請報上名來！」

「我來挑戰，我來挑戰！」聲音的主人，是坐在見越入道爺爺肩上觀賞腕力比賽的阿天。

事實上，為了從人潮上方觀賞比賽，見越入道爺爺偷偷的將身體變大，所以當其他住戶聽到阿天的聲音往後望時，一看到身形巨大的老爺爺，大家無不嚇得瞪大雙眼，心裡都在想：「這位老爺爺好魁梧啊。」

就在眾人還沒回過神時，阿天靈活的從爺爺肩膀上跳下來，接著往前一個墊步跳進人群中，從敗者偉大山村的手中接過藍色頭巾，並將頭巾綁在頭上，然後站在鬼吉的對面。

T恤男問阿天：「請問你叫什麼名字？」

阿天還來不及回答，見越入道爺爺便大聲的為他加油。

「加油，阿天！」

T恤男點頭說：「原來你叫阿天啊！好，你的比賽藝名就叫做超強阿天！」

冠軍王者鬼吉和超強阿天的腕力對決就這樣確定，比賽即將開始。

「紅色角落是化野原最強的冠軍王者鬼吉！藍色角落是不顧生命

危險的挑戰者超強阿天！」

阿天和鬼吉伸出右手在桌面上交握，雙方都展現出超強的氣勢，互瞪彼此。

比賽正式開始的鑼聲再次響起，雙方互不相讓，將所有力氣集中在右手，想要一口氣制伏對方。阿天的臉越來越紅，鬼吉的臉更是比番茄還紅。儘管雙方都將力氣逼到極限，但兩隻交握在一起的手就是紋風不動。現場觀眾無不屏氣凝神，靜待比賽結果出爐。

在人群前方觀賞比賽的滑瓢爸爸，發現鬼吉蓬鬆捲曲的頭髮裡有東西在蠕動，定睛一看才發現那是角，而且是兩隻鬼角！可能是

ArM
Wrestling

太過用力而無法控制好偽裝術，鬼吉原本隱藏的鬼角要露餡了。

就在滑瓢爸爸驚覺不妙之際，阿天放聲大叫：「喝！」

阿天將最後的力氣全部投注在這聲吶喊裡，成功將鬼吉的右手扳倒在桌上。

現場響起前所未有的歡呼聲，觀眾欣賞到一場精采比賽，為阿天高聲喝采。

「這場比賽的優勝者是超強阿天！」T恤男高舉阿天的手，向群眾大聲宣布。

鬼吉對阿天說：「你真的很強。」

阿天笑著回應：「你也很強，看來你的右手已經順利接回去了。對了，鬼吉，要不要一起去喝彈珠汽水，我好渴啊！」

鬼吉點頭同意，於是大力士雙人組和樂融融的走向飲料攤，準備買彈珠汽水解渴。

事實上，正當大家專心觀賞阿天和鬼吉的比賽時，在人群稀落之處發生了一件小插曲。

一名路過的阿姨看到阿一的背影，開口叫住了他。

「哎呀，三浦勇氣，原來你在這裡啊！你媽媽在找你耶，快跟阿姨一起去總部帳篷找你媽媽。」

阿一那天剛好穿白色T恤與褐色長褲，上半身還套著一件深藍色祭典法被，與走失的「三浦勇氣」小朋友穿得一模一樣。

那位陌生阿姨不由分說就伸手拉住阿一的手，往總部帳篷的方向走。阿一嚇了一大跳，立刻說：「你認錯人了，我不是三浦勇氣。」

「又來了，說這種話媽媽會傷心喔，真是不乖。」

這位阿姨是附近有名的冒失鬼，而且很愛管閒事，所以完全不聽阿一的解釋，直接拉著阿一往前走。

「你真的認錯人了，我沒有走失！」就在阿一停下腳步想要甩開阿姨的手時，阿姨突然伸手拉下阿一的面具。

射擊遊戲
金魚
祭
祭
祭

「還想騙我？看看，你明明就是三……」

話還沒有說完，阿姨當場就嚇到不敢動彈，因為阿一的一隻眼睛正炯炯有神的盯著她看。

阿姨大聲尖叫，阿一立刻從她手中搶回面具戴上，慌張的跑去找轆轤首媽媽。阿姨只能腦袋一片空白的站在原地，望著阿一逃跑的背影。不過她很快就回過神來，大大的嘆了一口氣，想將自己剛剛看到的畫面趕出腦海。

「這是假的，不可能是一目小僧，集合住宅區裡怎麼可能會有一目小僧？而且一目小僧怎麼可能會來參加祭典？我真是個冒失鬼，一定是看錯了。要是跟別人說一目小僧戴著狐狸面具，別人一定會笑我。應該是太累了才會看錯，還是早點回家泡澡，早點睡覺。」

冒失鬼阿姨就這樣一邊喃喃自語，一邊走路回家了。

雖然發生了這件小插曲，但九十九一家還是充分體驗了人類的祭典。

小覺在串珠飾品店買了一對很漂亮的項鍊，給自己和娃娃梅梅托佩戴。接著又在撈金魚攤位撈到一條可愛的小金魚，這條金魚的身體是白色的，身上還有類似紅色花瓣的圖案。小覺發揮讀心術，發現這隻金魚沒有名字，於是將牠取名為「浴衣」，養在自己房裡的小魚缸裡。

千里眼阿一跑了好幾個抽獎攤位，全都抽中了頭獎。其實會這樣也很正常，因為只要阿一運用千里眼的能力，就能知道哪支籤會中獎，拉哪條繩子會獲得頭獎，這一切全在他的掌握之中。因此阿一可以說是獎品大富翁，得到了無數好東西，包括玩具機關槍、遙控跑車、鱷魚造型塑膠船，以及超級大西瓜。

轆轤首媽媽買了一條與客廳沙發尺寸相符的拼布鋪棉罩，不僅如此，手作拼布攤位的老闆娘，還邀她參加每個星期五晚上七點在公民活動中心開設的拼布鋪棉教室。以轆轤首媽媽的巧手，一定可以很快就做出一條美麗的拼布鋪棉被。

滑瓢爸爸在二手攤位挖寶，買了一根枴杖。那是一根頂端有金色獅子裝飾，用桃花心木製成的枴杖。滑瓢爸爸一邊撫摸金色獅子的頭，一邊滿意的說：「這根枴杖的背後，一定有引人入勝的故事。」

阿天和鬼吉一起吃了炒麵、爆米花和串燒，這兩位大力士意氣相投，成為了很好的朋友。

事實上，混在祭典人潮中的妖怪不是只有九十九一家。仔細觀察暗處，可以看到天狗一家與河童一族全都化裝成人類，戴著面具四處逛攤位。天狗爸爸還和見越入道爺爺一起喝啤酒，兩人都喝得相當起勁。

送行狼一族待在攤位之間的暗處，以及室外燈光無法照到的馬路邊，目光如炬的監視祭典現場。他們偶爾會隱身在往來人潮的影子裡來回巡視，確保一切順利。

就在深夜降臨祭典的時刻，公園西邊的天空出現了壯觀的煙火秀。煙火照亮了集合住宅區上方的漆黑夜空，巨型光球逐漸擴散，「砰」的一聲爆出火花，拉出璀璨的尾巴劃過黑夜。

參加祭典的人們聽到煙火升空，發出宛如太鼓的咚咚聲響，全都抬頭望向夜空。

祭典
糖葫蘆
糖葫蘆
香蕉巧克力
炒麵

化野原
化野原 夏日祭典
撈金魚
特製
章魚燒
棉花糖

煙火一個接一個衝上化野原集合住宅區的上空，明亮的花朵在夜晚的天幕上綻放，接著又消失不見。

滑瓢爸爸、轆轤首媽媽、見越入道爺爺、小覺和娃娃梅梅托、一目小僧阿一、阿天和鬼吉，以及在總部帳篷下「砰砰砰」的開著啤酒瓶的執行委員長山姥奶奶，還有天狗、河童與送行狼……無論人類或妖怪，大家都在黑暗中仰望燦爛的煙火。

閃耀著紅色、藍色與金色光芒的煙火，陸續在住宅區的夜空中綻放。祭典的夜晚越來越深，迫不及待的蟋蟀，已經開始在路邊草叢裡發出鳴叫。

夏天就這樣在化野原集合住宅區悠閒的度過。

注⑦：一種日本傳統服飾，不需要綁帶，外型類似和服的外套「羽織」，經常在廟會或抬神轎的人員身上看到這種服裝。

妖怪一族②
夏日祭典驚魂記

作者｜富安陽子
繪者｜山村浩二
譯者｜游韻馨

責任編輯｜李寧紜
特約編輯｜葉依慈
封面及版型設計｜a yun、林子晴
電腦排版｜中原造像股份有限公司
行銷企劃｜林思妤、葉怡伶

天下雜誌創辦人｜殷允芃
董事長兼執行長｜何琦瑜
媒體暨產品事業群
總經理｜游玉雪
副總經理｜林彥傑
總編輯｜林欣靜
行銷總監｜林育菁
主編｜李幼婷
版權主任｜何晨瑋、黃微真

出版者｜親子天下股份有限公司
地址｜臺北市104建國北路一段96號4樓
電話｜（02）2509-2800　傳真｜（02）2509-2462
網址｜www.parenting.com.tw
讀者服務專線｜（02）2662-0332　週一～週五：09:00~17:30
讀者服務傳真｜（02）2662-6048　客服信箱｜parenting@ cw.com.tw
法律顧問｜台英國際商務法律事務所・羅明通律師
製版印刷｜中原造像股份有限公司
總經銷｜大和圖書有限公司　電話：（02）8990-2588

出版日期｜2024年2月第一版第一次印行
定　　價｜320元
書　　號｜BKKCJ111P
I S B N｜978-626-305-660-2（平裝）

訂購服務
親子天下 Shopping｜shopping.parenting.com.tw
海外・大量訂購｜parenting@cw.com.tw
書香花園｜台北市建國北路二段6巷11號　電話（02）2506-1635
劃撥帳號｜50331356　親子天下股份有限公司

國家圖書館出版品預行編目資料

妖怪一族. 2, 夏日祭典驚魂記 / 富安陽子文 ; 山村浩二圖 ; 游韻馨譯. -- 第一版. -- 臺北市 : 親子天下股份有限公司, 2024.02
200面 ; 17*21公分. -- (樂讀456 ; 111)
國語注音
譯自 : 妖怪一家の夏まつり : 妖怪一家九十九さん
ISBN 978-626-305-660-2(平裝)
861.596　　112020727